Sílvia Soler

39 + 1

Planeta

Avinguda Diagonal, 662, 6.ª planta. 08034 Barcelona (España)

Diseño de la cubierta: adaptación de la idea original de tholön kunst
Ilustración de la cubierta: © Montse Bernal
Fotografía de la autora: © Pedro Muñoz
Primera edición en Colección Booket: marzo de 2007

Depósito Legal: B. 6.445-2007
ISBN: 978-84-08-07156-3
Impresión y encuadernación: Cayfosa-Quebecor
Printed in Spain - Impreso en España

Biografía

Sílvia Soler i Guasch nació en Figueres hace poco más de 39 + 1 años. Tiene un trabajo *apasionante* en Catalunya Ràdio desde 1987. Sólo se ha casado una vez y tiene dos hijos y unas cuantas amigas íntimas para ir de compras. Como la protagonista del libro, odia el carnaval y lleva la mar de bien no saber hacer croquetas.

Es autora de un libro de relatos, cuatro novelas y de *El gust de ser mare* (2004).

A mi hermano Toni

por sus 39+1 años de inteligencia,

nobleza y sentido del humor

A Ilia Vera, in memoriam

A punto de cumplir 39+1

–Hola, me llamo Ilia y tengo cuarenta años.

Silencio sepulcral. Todo el mundo me mira. Noto que me empiezan a sudar las manos y me concentro en pensar: «No pasa nada... todos ellos tienen cuarenta años... reconocerlo públicamente ya es un primer paso...»

De repente, todos empiezan a aplaudir: «¡Bien venida, Ilia!»

Uno pregunta:

–¿Ilia? ¿Qué nombre es ése?

–Cecilia. Me llamo Cecilia... pero no me gusta. Prefiero Ilia, si no te importa. Uy, ya me he puesto desagradable.

–¡Ilia! Ilia, ¿estás despierta? Son las siete.

Miro a Juan, que me zarandea amorosamente. En realidad, me zarandea violentamente, demasiado, para mi gusto, pero ¿te imaginas que fuera AMOROSAMENTE? Quizá no me gustaría. No lo sabré nunca.

Sonrío, y él me dirige una mirada interrogativa y un poco exasperada, como de: ¿de qué se ríe esta boba, si acaba de despertarse?

–¿Qué te hace tanta gracia?

Dudo si es adecuado contarle que estaba soñando que me presentaba en una reunión del tipo Alcohólicos Anónimos para admitir públicamente que estoy a punto de cumplir los cuarenta (me faltan dos semanas, y de día, cuando estoy despierta y controlo mi subconsciente, lo llevo la mar de bien, pero, al parecer, en el mundo onírico ya es otra cosa). Finalmente opto por un seductor y mentiroso:

–Me gusta mirarte cuando te vistes.

–¿Te gusta o te hace gracia? –pregunta Juan, que los lunes se levanta supersusceptible.

Decido dar prioridad a mis necesidades fisiológicas matinales y evitar, de esta forma, una respuesta que de ninguna manera podría ser acertada.

Sentada en la taza, recibo la tierna y doble visita de todas las mañanas: María y Berta –cuatro y dos años, respectivamente– se lanzan a mis brazos. María lleva el pijama empapado (le estamos quitando el pañal, y todavía no está graduada en control de esfínteres), y Berta va tan despeinada que parece que se haya pasado la noche peleándose con alguien. Tiene el pelo rizado –exactamente como las «nanas», ese estropajo de níquel... bueno, da igual– y rubio como el oro. Son muy guapas. Las dos. Y me abrazan, ellas sí, amorosamente. Pero... ¿me dejáis que me suba las bragas, por favor?

Instalo a las niñas en la cocina, delante de un vaso de cola-cao y del biberón con cereales y me dirijo a la habitación de Octavio, mi hijo mayor, de catorce años.

Llamo a la puerta discretamente (en las teleseries norteamericanas lo hacen así, ¿no? ¿Os acordáis de Bill Cosby y su tropa de hijos? ¡Qué casa tan fantástica! ¡Seguro que es más fácil ser una madre discreta y comprensiva en una casa como aquélla!).

–¡Octavio! ¡Son las siete y cuarto! ¡Levántate o llegarás tarde!

Silencio. Abro la puerta (¡si me viera Bill Cosby!) y la peste me echa para atrás. Es como si un dragón fanático del *allioli* me respirase en la cara. Como si en esa habitación, en lugar de mi hijo, hubiesen dormido –mejor dicho, hibernado– una familia de osos. En la cama, entre el lío de sábanas arrugadas y sudadas, aparece una pierna de Octavio.

Me acerco y repito: «¡Llegarás tarde...!» Por toda respuesta, recibo el gruñido de uno de los osos (que parece que ha querido dormir con mi hijo y quizá se lo ha zampado, quién sabe).

–¡Octavio! –levanto la voz, impaciente, porque ahora yo también empiezo a llegar tarde.

–No me grites –dice una voz pastosa desde debajo de la almohada–, siempre estás gritando.

No es, obviamente, el hijo de Bill Cosby; es mi querido hijo, que ahora se ha dado la vuelta y me mira por entre las greñas. Observo el *piercing* en su ceja, encima de los ojos abotargados y llenos de legañas, el ridículo inicio de bigote encima de su labio, los granos adolescentes en sus mejillas. El hedor que me llega desde sus calcetines sucios que, ni que decir tiene, están a los pies de la cama, me ofende de una manera insoportable.

Intento recordar que mi hijo mayor también fue una criatura tierna y adorable que me despertaba con abrazos por las mañanas. Hace muuuuchos, muuuuchos años. Ahora es este grandullón que sólo me dirige la palabra para recriminarme algo o para exigir alguna cosa, o dos, o tres, cientos de cosas.

¡Sin embargo, ya no se mea en la cama! ¿Lo ves? ¿Quién dice que la adolescencia no tiene ventajas?

Juan, con el abrigo puesto y la prisa inoculada en la sangre, se me acerca y me deja en la mejilla un beso breve. Qué digo breve... fugaz. Tan fugaz como el instante que dedico a pensar cuánto tiempo hace que no mantenemos unos segundos nuestros labios unidos (si no es inmediatamente antes, durante o inmediatamente después de hacer el amor). «¿Hacer el amor?» Es como si estuviese oyendo la voz sarcástica de mi amiga Vilma. «¡Cursi!», me insulta. «¿Qué tengo que decir? ¿Joder, follar? Un poco basto, ¿no te parece?» Vilma me observa desde su condescendencia, dos o tres pisos por encima de mí: «¿De qué te han servido tantos años de monjas, hija? FOR-NI-CAR, hay que decir FOR-NI-CAR.»

Juan abre la puerta entre las despedidas de las niñas y entra en casa Jessica, la canguro, murmurando excusas por llegar tarde. Tiene una cintura que puedo rodear con un mano, y de la minifalda de Zara le cuelgan unas piernecillas como palillos. Se ha maquillado unas sombras oscuras debajo de los ojos, y las extensiones de color negro le caen hasta media espalda. Monísima.

Me aseguro de que Octavio se haya levantado y, por fin, puedo meterme en el baño y encerrarme por dentro. Qué descanso. Qué incomparable sensación de libertad.

Miro el reloj y compruebo que dispongo exactamente de veinticinco minutos para ducharme, maquillarme, peinarme y vestirme. Poco. Realmente poco. Observo con tristeza la crema-*peeling* que compré hace dos semanas y que todavía está por estrenar. «Otro día será», le digo, disculpándome. Tampoco será hoy el momento de la mascarilla hidratante ni, aún menos, de depilarme el bigote («el labio», diría Bea, mi esthéticienne).

Después de la ducha-relámpago, me sitúo delante del armario y abro las puertas con el suspiro inevitable (las puertas de mi armario, en lugar de rechinar como las de madera buena, suspiran, un suspiro como de «a ver qué escogeremos hoy, entre esta ropa tan aburrida...»). Me pongo –y me quito– tres o cuatro pantalones, un par de faldas, cinco jerséis y dos blusas. Hago combinaciones mentales de colores y de tejidos, calculo que me pueda quitar y poner piezas según si estoy en un sitio con calefacción o si salgo a la calle. Intento confeccionar una imagen que diga de mí: «Soy una mujer moderna pero que inspiro confianza.» Finalmente abandono todas esas premisas y escojo, simplemente, el pantalón que no me aprieta y un jersey más bien largo, que me tape la barriga, y oscuro, ya sabéis para qué... «Lo he resuelto bastante bien», pienso, y recuerdo cuando me vestía todos los días para impresionar a los hombres: decidir si me abrochaba el segundo o el tercer botón de la blusa requería un largo debate interior, por no hablar de la colocación estratégica de los espejos para poder ver qué culo lucía con unos vaqueros...

Ahora me enfrento al espejo con mi pantalón de raya diplomática y mi jersey negro. Voy elegante, cómoda y discreta; justo lo que se le pide a una mujer de cuarenta años: que no llame la atención, que no atraiga las miradas... y si alguien, por casualidad –yendo de camino hacia otro lugar, claro–, se detiene en mí un instante, que pueda pensar: «Pues mira, Ilia, para haber tenido tres hijos y estar cerca de los cuarenta, estás estupenda.»

Es un nivel de exigencia asumible. Nada comparable con el nivel que se les exige a las chicas por debajo de los treinta y cinco: tienen que reclamar poderosamente la atención, que no haya ni una sola mirada que se escape. Y entonces, la reacción tiene que ser unánime: «Qué buena está.» Ésta es la opción A, la mejor. Si eso no fuera posible (Nuestro Señor no ha repartido equitativamente los triunfos):

– Opción B: «Le sobran unos kilos, pero... ¡¡mira qué tetas!!»

– Opción C: «No es ninguna belleza, pero tiene un buen culo, y las tetas aún son respingonas.»

– Opción D: «No tiene ni las tetas ni el culo espectaculares, pero sabe vestirse para quedar resultona.»

– Opción E (y la más desastrosa, *of course*): «Es una chica con mucha personalidad.»

Pero volvamos a donde estábamos: yo, la que está a punto de cumplir cuarenta, elegante y discreta, me dispongo a salir de casa y empezar una intensa, variada y larguísima jornada que consistirá, esquemáticamente, en pasar por el Caprabo y dejar la lista de la compra para que la lleven a casa (anotar en la agenda que tengo que estar en casa a partir de las siete); coger el coche para ir al trabajo y aprovechar el viaje para llamar al colegio y advertir que a María le duele el estómago y que le pongan arroz hervido para comer; llamar a Beth para desearle feliz cumpleaños (y aguantar sus bromitas porque ella *sólo* cumple treinta y ocho), y una vez en el trabajo, soportar siete u ocho horas de ritmo frenético, únicamente interrumpido por llamadas a mis padres para ver cómo están, al pediatra para pedir hora para la revisión de Berta y a la academia de inglés para confirmar que Octavio aparece por allí en lugar de pasar el rato en los recreativos.

A las cinco de la tarde, estoy en el ecuador de mi jornada (todavía me queda ejercer de madre de familia), y ya estoy agotada. Pero regreso corriendo a casa y me da tiempo a quitarme la ropa de profesional y ponerme el chándal de mamá moderna de color rosa pálido y unas zapatillas deportivas (me gustaría comprarme unas DKNY espectaculares de color fucsia que vi el otro día, pero Octavio *necesita* unas Geox, que, al parecer, neutralizarán su peste de adolescente deportista, y en nuestra economía hay prioridades).

Voy corriendo al colegio de María, esquivando a madres que quieren charlar, recoger dinero para regalos, invitarme a fiestas de cumpleaños, pedirme que colabore con el APA (uy, ¡perdón! el AMPA –Asociación de Madres y Padres de Alumnos–; qué difícil es acordarse de ser políticamente correcto cuando tienes prisa), pero no puedo pararme, y aun con el riesgo evidente de parecer antipática («Es una creída, como es periodista...»), tiro de María y de su cartera, atosigándola, hacia la guardería –perdón, jardín de infancia– para recoger a Berta.

Antes de llegar, suena el móvil. Es mi madre:

–¿Cecilia?

–¡Hola, mamá! ¿Cómo estás?

–Pues cómo quieres que esté, hija, mal. La espalda me está matando, y tu padre me pone tan nerviosa que cada día tengo más palpitaciones. Si pudiese ver a las niñas, me distraería un poco... ¿Pensabas venir?

–Sí, mamá. Recojo a Berta y pasamos por ahí un momento. –No, no pensaba ir, pero mi madre sabe muy bien qué tiene que decir y en qué tono para hacerme sentir culpable–. Pero sólo un rato, ¿eh?

–Si vas a venir a la fuerza, no hace falta que lo hagas. Ya pasaremos la tarde de otra manera, tu pobre padre y yo.

Mientras mi madre se hace la víctima, oigo la señal de que alguien me está llamando y me despido precipitadamente de ella (después me lo reprochará, claro...).

–Claro que queremos ir, mamá. Perdona, pero tengo que dejarte. ¡Hasta ahora mismo!

Cuelgo y el móvil suena inmediatamente. Un chico que pasa por mi lado me mira alucinado y pienso por enésima vez que tengo que cambiar esta música del séptimo de caballería. Sin embargo, es la única que me hace reaccionar cuando llevo el móvil en el bolso y cuesta tanto oírlo. Miro el número: es Isaías. El padre de Octavio. Mi ex.

–Dime, Isaías.

–Oye, que te quería preguntar si Octavio puede quedarse contigo este fin de semana. Me han invitado a un congreso en Cincinnati.

(Cincinnati es una ciudad que siempre me ha hecho gracia. Como si fuese inventada. Debe de ser porque me recuerda a aquella serie –tan antigua, Dios mío– de «Radio Cincinnati». El caso es que no puedo evitar reírme.)

–¿De qué te ríes? ¿Qué pasa?

–Nada, nada. Por mí no hay ningún problema... pero ¿se lo has dicho a él?

–Todavía no. Quería saber si a ti no te molestaba. Se lo comentarás, ¿verdad? Es que acaban de decir por megafonía que ya tengo que embarcar...

(Qué huevos.)

–¿Sobre qué es el congreso?

–«Un mundo mejor es posible.»

–Oh, desde luego que sí, Isaías. Desde luego que lo es.

El jardín de infancia se llama El Caballito de Mar. Berta va a la clase de *las caracolas,* y también está la clase de *los chanquetes* y la de *las estrellas de mar*. Todo muy húmedo.

Un día tendré que pararme a pensar por qué las guarderías tienen esta predilección por el mundo animal. Cuando Octavio era pequeño iba a otra guardería que se llamaba La Mariquita Feliz, y las clases eran *las hormigas* y *las mariposas.*

Hay animales que caen bien y hay otros que no. En el caso de la mariquita, lo entiendo: es una cuestión de diseño. Pero ¿por qué las hormigas tienen que ser más simpáticas que los mosquitos? De repente, imagino un jardín de infancia que se llamara La Abeja Asesina, y sus clases estarían bautizadas como *la mantis religiosa* o *la viuda negra*. ¿Qué pasa? Son insectos, ¿no?

Mientras regreso a casa me recrimino haber dedicado dos minutos a pensar estas tonterías. Todo desgasta, y no estoy como para desperdiciar neuronas. Dicen que a partir de los cuarenta se destruyen a una velocidad de vértigo. Es una de las muchas cosas terribles que te suceden a los cuarenta. ¿Que quién lo dice? Las revistas, el ginecólogo, los libros de autoayuda, los psicólogos, algunas amigas *bienintencionadas*. «Bien venida al club», dicen en tono comprensivo. «¡A partir de ahora, todo es cuesta abajo!», dice la experimentada. «Aumenta la vista cansada, se acerca la menopausia, adelgazar se convierte en una misión imposible, y si no tienes artrosis, tienes una hernia discal...», advierte la doctora profeta.

Pero... ¿tienen razón? A ver, hablemos claro: cumplir cuarenta no es el chollo de tu vida; tiene algunos inconvenientes, especialmente de orden físico, pero tiene también grandes ventajas. ¿Como cuál? Déjame pensarlo un poquito. A ver... seguro que encontramos alguna... ¿Que tienes la vista cansada? De acuerdo, pero usar gafas para leer NO supone ningún drama. ¿Que te ha salido celulitis, A TI, que nunca habías tenido? Cierto, pero a estas alturas de la vida, ya sabes que la estética NO es la base de todo. ¿Que no pierdes ni un gramo aunque te estés muriendo de hambre? Dejas de pesarte, y en paz.

¿Ha quedado convincente? ¿No? Me lo temía. Es evidente que, al cumplir los cuarenta, usar gafas para leer, tener celulitis y ver cómo la aguja de la báscula va oscilando cada vez más hacia la derecha no es agradable, pero ninguna de estas cosas puede hundirte en una depresión, ni siquiera amargarte el día. A los cuarenta, todo, o casi todo, se encaja con más serenidad. Y si algún inconveniente te afecta un poco más, es un alivio saber que puedes quejarte sin complejos, comentar de viva voz lo que no te gusta, reconocer tus errores sin ponerte colorada, pedir lo que deseas sin cortarte. A partir de los cuarenta, ya tienes claro que puedes escoger a las personas con las que quieres estar, las películas que quieres ver, la ropa que quieres ponerte, sin tener que ceñirte a nada más que a tus propios gustos. No hace falta seguir la moda, ser políticamente correcta, demostrar a cada instante que eres una *superwoman*. Tienes asumidísimo que no lo eres. ¿Cómo se puede ser una *superwoman* y al mismo tiempo tener celulitis y la vista cansada?

La terapia de las compras

He quedado para comer con mis amigas en un gran centro comercial. Ana y yo quedamos un poco antes para comprarnos algo de abrigo. Es octubre, y el frío está a la vuelta de la esquina.

–¿A qué tienda quieres ir? –le pregunto después de saludarla dándole dos besos.

–A cualquiera en la que haya tallas por encima de la 38.

–¡Ah, bien! ¡Sólo has eliminado... el 75 %!

La imperturbable Ana no pierde la sonrisa:

–¿Ves qué bien? Así tendremos tiempo de visitarlas todas. ¡Vamos!

Nos dirigimos hacia Adolfo Domínguez, que fue quien aseguró que «la arruga es bella» y sólo por eso ya nos cae bien.

–Oye, ¿has adelgazado? –le pregunto.

La verdad es que con ese abrigo que le llega a los tobillos es imposible notarlo, pero no cuesta nada tener un detalle que sé que la va a hacer feliz.

–No lo sé.

–¿Has desistido de pesarte?

–Esta mañana lo he intentado –dice Ana–, pero no veía bien si la aguja estaba en el sesenta y dos o en el sesenta y tres. Tengo que graduarme las gafas.

Ana acaba de cumplir cuarenta y dos años, y tres meses antes de cumplirlos tuvo gemelos, niño y niña, los primeros.

La dependienta tiene veinte y poquísimos años, poquísimos kilos y poquísimas ganas de vender. Escucha el parloteo de Ana con el mismo interés con el que yo vería en la tele un partido entre el Rayo Vallecano y el Albacete.

–Mira –le explica Ana con toda su buena fe–, yo normalmente usaba la 38, pero acabo de tener gemelos y todavía no he recuperado la cintura. Sin embargo, no pierdo la esperanza de recuperarla algún día, ¿sabes? Así que no querría gastarme un dineral en una pieza que luego, cuando adelgace, ya no pueda usar.

–Si quiere mirar... usted misma... –se limita a decir la pánfila, que masca chicle ostensiblemente.

Mi amiga no se corta un pelo (es lo que decíamos de haber cumplido los cuarenta):

–Sí, claro que quiero mirar... lo que tú me enseñes. Porque para eso deben pagarte, ¿no?

La chica coge distraídamente un par de vestidos. Ana se los prueba y me ofrece un diagnóstico desde el interior del probador:

–El de punto es una buena opción si quiero que todo el mundo me pregunte si vuelvo a estar embarazada... y el otro me disimula la barriga pero me aplasta las tetas. Y, la verdad, justamente ahora no se puede decir que me lo pueda permitir...

Después de dos o tres dependientas pavas más, decidimos tomar un café. Observo a Ana sin disimulo: tiene unos ojos espectaculares. Va ligeramente maquillada, un toque de sombra oscura en los párpados y un carmín de tono claro. Todavía conserva la piel joven y las facciones casi adolescentes, enmarcadas en un corte de pelo moderno. La encuentro guapísima y se lo digo. Hace una mueca:

–¿Te parece que me sienta bien el pelo tan corto?

–Ya sabes que sí. Hay que ser muy guapa para resistir un corte de pelo como ése.

Le pregunto cómo lleva lo de los gemelos. Soy consciente de la dificultad de la pregunta. Después de diez años intentando quedarse embarazada, a ver quién reconoce ahora que la maternidad –sobre todo si es tardía y por partida doble– no es un mundo de color de rosa.

–Sobrevivimos, que no es poco. Sin dormir, sin salir, sin follar, sin conversar, pero sobrevivimos.

–¿Y Roque? –le pregunto por su marido, aquel que todas envidiábamos por sensible, por atractivo y por triunfador.

–¿Roque? Enfadado, aburrido, cansado y nervioso. Una delicia. Hace tres días que no le dirijo la palabra.

–¡Qué manía con castigarlos con el silencio! –la riño–. ¿Es que no sabes de sobra que para los hombres nuestro silencio es un descanso? Lo que tienes que hacer es contarle con todo lujo de detalles la apasionante vida que llevas mientras él está trabajando: la caca blanda de la niña, el vómito matutino del niño, que uno se ha terminado el biberón pero el otro no, que has puesto una lavadora con los *bodies*, los peleles, las ranitas y los baberos, que se te han terminado los pañales y has tenido que salir expresamente con el macrocochecito... que para meterlo en el ascensor tienes que coger aire...

Ana me mira con aquella expresión de «sí, sí, la teoría ya me la sé, pero...».

–Era inevitable... unos gemelos te cambian la vida –digo, en un intento bastante desafortunado de consuelo.

–A mi marido le ha cambiado la vida ligeramente. A mí... ¡mi vida ha desaparecido...!

Se refiere, sobre todo, a su vida profesional. Ana era –esperemos que aún lo sea– una brillante antropóloga que trabajaba en el museo etnográfico, daba clases en la universidad y participaba en todos los congresos y los seminarios de su especialidad.

Entramos en una tienda que anuncia liquidación total.

–Es una pérdida de tiempo –advierto–. A primera vista, ya se sabe que no encontraremos nada potable.

Revolvemos entre camisetas que podrían llevar niñas de ocho años, pantalones desteñidos y agujereados, los tops incluso más minúsculos que las camisetas, las blusas supertransparentes con volantes y lentejuelas y las faldas sin una sola costura que ayude a dar forma al cuerpo.

–¿Lo ves?

Ana no se da por vencida. Se acerca a una dependienta, clónica de la primera, de la segunda y de la tercera. ¿No será la misma, que va cambiando de una tienda a otra?

–Perdona, ¿crees que aquí encontraríamos algo de ropa que pudiera llevar alguien de más de treinta años?

La chiquita la mira, alucinada:

–Es ropa para todas las edades. Usted también se la puede poner... si quiere. La hará parecer más joven.

¡Oh, Dios mío! Veo las llamaradas rojas y amarillas que salen de los ojos de Ana y asan a la dependienta.

–¡Es que yo no quiero parecer más joven! ¡Quiero parecer de la edad que tengo! Tengo cuarenta y dos años. Forti-tu-yiars-ol. Y no quiero quitarme ni uno. ¡Me ha costado mucho llegar hasta aquí!

Agarro a Ana por el codo y la arrastro hacia afuera de la tienda. Los ojos alarmados de la dependienta nos siguen hasta la salida. Caminamos hacia el restaurante donde hemos quedado para comer con Vilma y Beth. Ellas ya han llegado y nos esperan en una mesa del fondo, con un martini blanco cada una. Vilma va vestida enterita de color butano. Se lo puede permitir: no debe de pesar más de cincuenta kilos y tiene una cintura que yo podría ceñir con las manos. Se ha recogido la melena en una cola de caballo que le da un aire limpio y fresco. Beth, discretamente vestida en azules pálidos y grises, acaba de hacerse mechas rubias. Le sientan bien.

–¿Qué celebramos? –pregunto.

Ambas me miran con profunda extrañeza. Señalo los martinis con un gesto.

–Uf. Ya hace muchos años que no hace falta ninguna excusa para beber un martini, ¿no?

–¡Que sean dos más! –exclamo.

Dedicamos los primeros veinte minutos a ponernos al día de

las respectivas novedades: el pequeño de Vilma necesita ser operado de fimosis; Beth se ha apuntado por enésima vez a clases de inglés; la madre de Ana se ha roto la cadera; me he comprado un sofá nuevo y tendré que cambiar la mesa de centro porque ahora queda demasiado alta, cosas así.

Los siguientes veinte minutos los destinamos a informar de los cotilleos a los que hemos tenido acceso desde la última vez que nos vimos: el jefe de Beth se ha liado con la mosquita muerta de Diana –el otro día los pilló el segurata en el despacho cuando ya habían cerrado la oficina–; el hermano de Ana sale con un chico brasileño que está como un tren; hay rumores insistentes sobre una inminente separación de los Morera –parece que ella podría haberse liado con el profe de la niña–; se ha casado Mariola Font, y el señor Font, en la boda, pilló una castaña de campeonato y se puso a gritar «¡Viva la madre del novio, que está muy buena!»...

–¡Qué bueno, eso del señor Font! –dice Ana, con los ojos brillantes por el martini.

–Sí, qué divertido... mientras no te pase a ti –matiza Vilma.

De entrada, no la entendemos.

–¿Qué quieres decir? –Ana abre unos ojos como platos de un restaurante de diseño.

–Quiero decir que no le veo la gracia a que el día que se casa tu hija, después de treinta años de aguantar al cretino de tu marido, el muy canalla comience a vocear que tu consuegra está muy buena delante de todos los invitados.

–No puedo imaginar a mi padre haciendo eso –asegura muy seria Beth.

(Yo tampoco. El señor Maluquer, el padre de Beth, es un prestigioso neurólogo, de muy buena familia, los Maluquer de toda la vida, que reside en la Bonanova y creo que es militante de Unió Democràtica.)

–No estamos hablando de nuestros padres, nena: estamos hablando de nuestros maridos.

Beth hace una mueca sarcástica:

–Ya. ¡Como yo no tengo...!

–Ni tendrás, si sigues siendo tan tiquismiquis. –Ana no perdona.

–Pues mira –interviene Vilma–, más le vale serlo. Yo, después de pensarlo tanto (seis años de novios y tres de convivencia antes de casarme), mira qué saldo me he llevado.

Ana endulza la actitud y dice, con voz de ratita presumida:

–Pero si valoras a tu Claudio desde un punto de vista estrictamente genético, no puedes quejarte: ¡tus hijos son una pasada!

(Es cierto: los hijos de Vilma son guapísimos y muy listos.)

–Sí, claro, pero no se trata de un banco de esperma, que cuando lo he utilizado devuelvo el tarrito y listos. Ahora lo tengo sentado en el sofá, ¡y no se mueve de allí ni por éstas, el cerdo!

Vilma, que además de ser mi amiga de la infancia y compañera de carrera, es mi compañera de trabajo, no está satisfecha –digámoslo finamente– con su marido. Claudio es... cómo decirlo... uno de aquellos grandes hombres que, como dice la sentencia, tienen a una gran mujer detrás que le lava los calzoncillos, le plancha las camisas, cuida a los niños, hace la declaración de la renta, lleva el coche a la ITV, arregla los papeles en los bancos, hace la compra, cuelga los cuadros, le organiza la agenda, mantiene los contactos sociales, le recuerda la medicación... Una especie de madre-secretaria-chacha multiusos. Él, Claudio, se ocupa de las grandes cuestiones: la macroeconomía, la sostenibilidad del medio, la crisis de las ideologías, el nivel de autogobierno. Se dedica a la política. Y a veces, Vilma, además de dejarle lista la corbata que combina con la camisa, también le prepara las intervenciones en el Parlament.

–¿Qué estábamos diciendo? –pregunto.

(Es algo que empieza a pasarnos a menudo: no recordar qué estábamos diciendo, perder el hilo...)

–Decíamos que Beth debería dejar de ser tan escrupulosa.

–No, decíamos que tus hijos son un encanto.

–No, decíamos que Claudio fue un mal negocio.

–¿Y qué hombre es un buen negocio?

Cuento mentalmente hasta diez, esperando la frase de mi querida Ana: ocho, nueve...

–¡Juan! ¡Juan es el marido perfecto!

(Os explico: Ana, que es una de mis mejores amigas y a quien quiero con locura, tiene un pequeño defecto, o una manía, o una obsesión: siempre se compara conmigo. Ella lo llama «envidia sana»; yo lo llamo «imagen deformada»; Vilma lo llama «rabia». El caso es que Ana siempre considera que mi piso es «espectacular», que mi ex marido es «un encanto» y Juan «el marido perfecto», que mis hijos son «especiales», que mi madre es «una mujer de gran personalidad»... y así, hasta la exageración: si me pongo enferma, me envidia porque puedo quedarme en casa; si tengo que hacer dieta, me admira porque «demuestro mi enorme fuerza de voluntad»; si me quejo de un gasto imprevisto, «eso a ti no tiene que preocuparte».)

En estos momentos, su referencia a mi «marido perfecto» es saludada con una gran carcajada general. Ana se limita a sonreír y a mover suavemente la cabeza, como diciendo: «Sí, ya os podéis reír... pero yo sé que tengo razón...»

Hace ya tiempo que he desistido y me niego a pasarme todo el rato haciendo una lista detallada de todo lo que hace que mi vida no sea tan envidiable. Cada vez que lo hacía, acababa hundida en la miseria y no conseguía que Ana cambiara de opinión.

–La verdad es que Juan es perfecto –digo ahora, haciendo un guiño a las demás–, es decir, lo sería... si no fuera por el problema de la eyaculación precoz.

Ana calla y me mira, consternada. Tarda unas décimas de segundo en soltar una gran risotada. Con lágrimas en los ojos, acaba diciéndome:

–De cualquier forma, aunque así fuese... yo no lo consideraría un problema tan grave... A veces, qué quieres que te diga, ¡cuanto antes se acabe, mejor!

Vilma aparta suavemente el vaso de martini y la copa de vino que Ana tiene enfrente.

–No bebas más, anda –le recomienda afectuosamente.

¿Seguro que queríamos ser unas grandes profesionales?

Soy periodista. ¿Lo había dicho ya? Llevo veinte años en este oficio y aún no me he acostumbrado a decirlo con naturalidad, como quien diría «soy albañil» o «soy secretaria». No sé si la culpa es mía, o de los demás o, tal vez, de Lou Grant, Murphy Brown y todos los degenerados que han escrito series de televisión y películas sobre el mundo del periodismo y han hecho creer a la gente que es un mundo especial. El caso es que, cuando tengo que decir en público cuál es mi profesión, no consigo pronunciar la palabra sin notar ese desagradable calorcito en las mejillas.

¿Cómo debe de hacerlo Julia Roberts para decir, sin ninguna afectación, «soy estrella de cine» cuando le preguntan a qué se dedica? Pero, claro, a Julia Roberts nadie le hace esa pregunta. (Julia Roberts ya está un poco anticuada. ¿Debería haber dicho Jennifer Aniston?)

Busquemos otro ejemplo: Yuri Gagarin va a hacerse el documento nacional de identidad. El funcionario, sin mirarlo, pregunta: «¿Profesión?» Y él contesta: «Astronauta.» ¿En qué tono de voz debe decirlo? (¡Yuri Gagarin! Eso sí que queda antiguo... ¿Cómo se llamaba ese astronauta jovencito...? Pedro Duque... ¿Cómo puede ser que los astronautas y los ministros sean más jóvenes que yo? Por no hablar de los futbolistas, ¡que podrían ser mis hijos!)

Con todo esto, no es que quiera insinuar que la profesión de periodista es tan glamourosa como la de actriz, ni tan heroica como la de astronauta, Dios me libre. ¿Todos lo tenemos claro? Muy bien. Pues entonces, ¿por qué cuando pronuncias la palabra terrible («periodista»), tu interlocutor te mira inmediatamente de otra manera, abre los ojos desmesuradamente (a veces también la boca), traga saliva y dice: «¡Periodista! ¡Qué trabajo tan apasionante!», con un tono de sincera admiración.

O bien: «¿Periodista?», con una clara incredulidad, como diciendo «¿con esa pinta tan del montón?».

O incluso: «Periodista...», y notas instantáneamente su rechazo, sabes que está pensando: «Vaya, una listilla... debe de creer que me voy a impresionar.»

¿Por qué no puede nadie, alguna vez, quedarse con la misma cara que si hubiese dicho «soy maestra, o enfermera, o tengo un puesto en el mercado»?

Afortunadamente, la segunda pregunta que se acostumbra a formular ya resulta más fácil de responder. El interlocutor pregunta, emocionado: «¿Y sales en la tele?» Si la respuesta es sí, aunque sea a veces, esporádicamente, estás lista. Te han encaramado al pedestal y ya te las apañarás para bajar.

Si la respuesta es: «Trabajo en la radio», invariablemente se produce una tercera pregunta: «¿Y hablas?» (lo que quiere decir «hablas por la radio», no si te pasas el día haciendo mímica para relacionarte con tus compañeros). Que dices que sí, también tienes pedestal. Mucho más bajito y discreto que los de la tele, ni que decir tiene, dónde vas a parar, pero no está mal. Que dices que no, pasas a ser casi una persona normal. Nadie te preguntará «¿y piensas?» o «¿y escribes?» o «¿y tienes ideas?».

Y finalmente, hay una opción menos espectacular, afortunadamente, que es trabajar en prensa escrita: en un periódico o en una revista (si no es una revista del corazón, claro, que eso también llama mucho la atención y despierta un interés general inevitable).

Si trabajas, como es mi caso, en el suplemento dominical de un periódico, despiertas poco morbo, la verdad. Así que, normalmente, si me preguntan mi profesión digo «trabajo en una revista», y me ahorro todo el proceso que os acabo de contar y del que no puedes escaquearte si dices: «Soy periodista.»

Aun así, es fácil sentirse incómoda, a veces. Como, por ejemplo, cuando tus vecinos, en el ascensor, se ven obligados a llenar esos minutos que habitualmente dedicarían a comentar si llueve o hace calor preguntándote: «Tú, que eres periodista...», y después de esta introducción, el corazón se te acelera y las piernas empiezan a temblarte porque puede acercarse cualquier tipo de pregunta: «¿Quién ganará las elecciones?», o «¿es verdad que echarán al entrenador del Barça?», o «¿cuándo calculas que bajarán los precios de los pisos?», o «¿qué libro puedo leer de ese escritor de Namibia que ha ganado el Nobel?»

Y tú querrías responder: «Oh, por favor, ¿no te daría lo mismo criticar a la del segundo tercera, o comentar cómo puede ser que se acerque el Día de Todos los Santos y todavía vayamos en mangas de camisa? No sé... cosas asequibles, sobre las que tengo una opinión... Me acabo de levantar... soy una triste madre de familia que lleva a las niñas al colegio...»

Pero no dices nada de eso, claro. Te ves obligada a decir una vaguedad sobre política, fútbol, economía o literatura, porque admitir que no tienes ni idea sería interpretado, forzosamente, como un menosprecio a la persona que te ha formulado la pregunta («Es una creída, como es periodista»).

En fin. Qué le vamos a hacer. Es demasiado tarde para lamentarse, después de veinte años de carrera. El caso es que soy redactora del suplemento dominical de un periódico, donde disfruto de un horario «de lujo» que me permite recoger a mis hijas pequeñas en el colegio, y adonde he llegado después de arrastrarme por las redacciones de radios locales, diarios en crisis permanente y una agencia de noticias donde me encargaba de las efemérides del día y así sabía que hacía ciento veinticinco años que se había inventado el jabón, o que ochenta y siete años antes, ese mismo día, se había inaugurado en Barcelona el monumento al ciudadano honrado. Pues eso: ayer tuve el privilegio de vivir una jornada intensa, interesante, y no-sé-cuántas-cosas-más de la vida de periodista: entré en una reunión a las nueve de la mañana y salí de allí a las cuatro de la tarde, con un breve paréntesis para comer un sándwich de la máquina. Preparábamos un número especial para conmemorar los veinticinco años de vida del periódico.

PERSONAJES:

El director del dominical: Luis Gracia. Cuarenta y muchos, aunque aparenta cuarenta y pocos. Piel bronceada todo el año. Squash todos los días. Audi A4 negro. Casado con una rubia delgada, arrugada y bronceada, de voz ronca, de buena familia. No sabe casi nada de periodismo, pero domina el mundo de los negocios y los contactos sociales. Tiene olfato para adivinar qué portada hará vender más ejemplares, pero es incapaz de valorar la oportunidad de una entrevista política o la calidad literaria de un reportaje. Pocas veces tenemos el honor de que participe en un consejo de redacción, y su presencia provoca una serie de reacciones extemporáneas en el personal que podrían resumirse en la expresión «ganas de lucirse».

El coordinador: Lázaro Mumbrú. Cincuenta y tres años. Soltero pero heterosexual. Periodista vocacional y adicto al trabajo. Duerme tres o cuatro horas, come poco y siempre frío, fuma constantemente y pronto se pondrá un catéter para enchufarse el café en vena directamente. Tiene dos o tres camisas que va alternando cuando se dirigen solitas hacia la lavadora y un jersey que ha cumplido el cuarto de siglo, como el periódico, para cuando refresca. Odia al director y que participe en los consejos de redacción.

Redactora de belleza y tendencias: Olivia Franch. Cuarenta y dos años declarados (como mínimo, tiene cincuenta). Un *lifting*, dos liposucciones, corrección de la nariz, implante de pómulos, aumento de pecho e infiltraciones de colágeno en los labios cada tres meses (todo gratis, evidentemente, a cambio de promoción reiterada y descarada de los centros de estética de la ciudad).

Redactor de viajes y reportero gráfico: Jaime Álvarez. Treinta y muchos. Barba de una semana. Ropa de Coronel Tapiocca. Aire entre duro y vulnerable que vuelve locas a todas las féminas (y también al conserje).

Entrevistadora de personajes de actualidad: Mi amiga Vilma (a quien ya conocéis un poquito: la del marido político).

Redactora de cultura y espectáculos: Una servidora.

Becarios: Borja y Judith. Escandalosamente jóvenes. Incorregiblemente ingenuos. Desesperantes y divertidos.

Secretaria de redacción: Mariluz. Repugnantemente eficiente en cuestiones de orden práctico (orden y mantenimiento del despacho, organización de aperitivos y fiestas diversas y poca cosa más). Pornográficamente servicial con el director. Tacaña hasta el extremo con el material y obsesionada por demostrar que es la única persona de la redacción, y quizá del mundo entero, que conoce a la perfección los secretos del mecanismo de la fotocopiadora, el fax y la centralita telefónica.

Todos presentados. Muy bien. Resumen de una reunión que podría haberse resuelto en dos o, como mucho, tres horas, y que ha durado ocho:

Olivia está haciendo un publirreportaje (bueno, supongo que ella lo llama reportaje) sobre «un tratamiento revolucionario» que adelgaza, rejuvenece y relaja, todo a la vez. Es un reportaje «de investigación», dice la muy cerda, porque ella misma se ha «sometido» al tratamiento y lo cuenta en primera persona.

El director la escucha atentamente. Cuando le parece que ha terminado, dice:

–Muy bien, Olivia, cuando sepas si funciona, ya me darás la dirección...

Olivia lo mira con incredulidad. ¿Pero cómo...? ¿Cómo puede ser que no haya visto que está más delgada, más joven, infinitamente más relajada, con el cutis liso y sin impurezas, el cabello más brillante y sedoso y dos centímetros menos de cintura?

Vilma y yo cruzamos una mirada rápida y yo me esfuerzo por controlar la risa. Nunca sabremos si el director ha soltado el comentario inocentemente o sabiendo muy bien lo que se decía.

Para acabar de arreglarlo, Lázaro, el coordinador, que por sistema nunca escucha a Olivia, dice:

–Muy bien. Empecemos, pues. Jaime, ¿qué tienes?

Jaime está puliendo el reportaje sobre la Capadocia. Las fotografías son excelentes. Lo felicitamos. Vilma tiene la posibilidad de entrevistar al flamante premio Nobel de Economía, que visita Barcelona; mi reportaje analizará un fenómeno paranormal: el bestseller *Dies de platja* –¡un libro en catalán que lleva diecisiete semanas en la lista de los más vendidos!–, y los becarios se encargarán de perseguir a los colaboradores para que tengan a punto sus artículos.

Lázaro propone secciones especiales y entrevistas para conmemorar los veinticinco años del periódico.

Mi móvil emite una pequeña señal; he recibido un mensaje. Miro quién lo manda: mi hijo Octavio. Lo abro, por si acaso es urgente: «Toy ks. Merienda? 6 de fsc», lo que quiere decir: «Ya he llegado a casa, tengo hambre y no hay nada para merendar (es decir, *nada de lo que hay me apetece*). He sacado un seis en física.» Disimuladamente, contesto: «Pan + ch. 6 = pse.»

Cuando vuelvo a conectarme a la reunión, oigo a Judith, que pregunta:

–¿Y quién es esa Carmen Romero, una cantante?

Lázaro contesta, sin mirarla:

–Sí, de hip-hop.

Judith sonríe:

–¡Hala! Debe de ser de flamenco o algo así... ¡con ese nombre!

Escribo en un papel: «Mujer de Felipe González», y se lo paso, rezando para que sepa de quién le hablo. Lo lee y me mira, agradecida. Al salir de la reunión se acerca y me dice con orgullo:

–Ése sí sé quién es. Ganó las elecciones en el 82, ¿a que sí? –Asiento con la cabeza, admirada por sus conocimientos–. Lo sé porque es el año en que nací.

La maldita fiesta de los cuarenta años

Beth me llama a primera hora. Y cuando digo a primera hora quiero decir a las siete y media de la mañana. ¡Y es sábado!

–Ya sé que es muy temprano, y que es sábado... pero sabía que ya estarías levantada. Las niñas no deben de dormir hasta muy tarde, ¿no?

–Pues, mira, hoy todavía estábamos durmiendo... ¡las niñas y yo!

–Lo siento.

–Tranqui, no pasa nada. ¿Qué querías? Debe de ser muy urgente...

–Lo es: la semana que viene cumples cuarenta. ¿Te organizamos una fiesta sorpresa?

Pase que me despierte el único sábado desde hace meses que mis hijas han decidido dormir un poco más. Pase que me obligue a mantener una conversación sin haber tomado ni siquiera un café. Pase que provoque el malhumor de Juan por haberlo despertado el día que no tiene que levantarse temprano para ir al trabajo. Pero... ¿ha hecho esto para hundirme en la miseria y recordarme que muy pronto ya no seré una chica de treinta y tantos, que dentro de unos días habré entrado en la etapa de la madurez? No sé si echarme a llorar o decirle a Beth lo que pienso de ella en estos momentos.

—¿Ilia? ¿Me has oído?

—Oh, claro que te he oído, Beth, querida. ¿Y qué? ¿Te has despertado masoquista y quieres oír los peores insultos que puedas imaginar? ¿O es que te has levantado sádica y tenías el capricho de destrozarme el fin de semana?

—Sólo ha sido que, mientras me estaba duchando, he pensado: ¡cuarenta años! Es una cifra muy importante, ¿sabes?

—Vamos por mal camino, Beth. Te advierto que mi sentido del humor está bajo mínimos cuando todavía no me he tomado el primer café.

—Espera... quiero decir que he pensado que tenemos que organizarte una fiesta sorpresa. Un fiestón.

—¿Una fiesta sorpresa macabra?

—¡Ostras, Ilia! ¿Lo has pensado bien? Tienes muchos motivos para celebrar tus cuarenta años. Eres una madre de familia excelente, una profesional admirada y... ¡estás estupenda!

Me siento en una silla de la cocina. Me duele la cabeza. Sólo quiero que me deje tomar un café, así que digo:

—De acuerdo, Beth, de acuerdo. Has conseguido que se me pongan los pelos de punta. NO habrá «sorpresa». Quiero tenerlo todo bajo control. Yo misma organizaré esa fiesta. Ya te llamaré. ¡Y gracias por pensar en mí!

Sin captar el sarcasmo de esta última frase, mi amiga dulcifica la voz y dice:

—Ya lo sabes, para eso están las amigas.

(O quizá sí ha captado el sarcasmo... ¿y me lo devuelve?)

Qué puñetera manía tiene Beth de organizar cosas. No sé de dónde la ha sacado, si de su oficio de secretaria –siempre dispuesta a facilitar las cosas a la gente–, de su madre –una señora de la buena sociedad barcelonesa que no para de organizar cenas y fiestas en su casa–, o de su vocación frustrada de ser madre de familia numerosa.

El caso es que, por un instante de debilidad cafetera, me he dejado liar en la organización de una fiesta que no tenía ganas de hacer, para celebrar un cumpleaños que me deprime, rodeada de amigas que creen que ellas nunca se verán en el trance de cumplir cuarenta años.

El lunes siguiente, cuando llego al trabajo, Vilma ya está puntualmente informada y ha elaborado una lista de posibles invitados, una lista de posibles locales, una lista de posibles servicios de catering y una lista de boutiques donde podemos comprar el modelito. Esto ya no se puede parar.

–Añade una lista de antidepresivos recomendados –le pido.

Llamo a mi hermana. No se puede decir que confíe demasiado en ella –ahora os contaré– pero más que en mis hermanos y en mi marido, sí.

–¿Lola? Mira, necesito que me ayudes a organizar una fiesta para celebrar mis cuarenta años.

–¿Para celebrarlo? Mujer, ¡qué moral!

¿Lo veis? Es una chica graciosa. Y todo porque tiene seis años menos que yo... ¡ya ves tú! Seis años menos... y diez kilos menos, y veinticinco mil arrugas menos, y tres hijos menos. También hay algunas cosas de las que tiene más: más amantes, más dinero, más tiempo libre para gastarlo. Y cree que cumplir cuarenta no es motivo para organizar una fiesta. En eso coincidimos.

Le cuento que a mí no me apetece nada, pero que va a haber fiesta de todas formas y que prefiero controlar yo el tema.

–Ah, ya comprendo. ¡Todo bajo control! ¡Muy típico de mi Ilia!

Me trago la respuesta que se me ocurre («Qué bien te vendría a ti tener un poco de control sobre tu vida») y fuerzo una risita:

–Sí, ya me conoces, no quiero sorpresas. Entonces... ¿me ayudarás o qué?

–Sí, claro que sí. ¿Qué puedo hacer?

–Movilizar a tus contactos.

Mi hermana tiene una agenda inagotable de amigos con servicios de catering, bares de copas, floristerías, bodegas... Puede organizar la fiesta perfecta abusando de sus amistades.

–Hum... Lola... recuerda que soy una madre de familia y que mi presupuesto es limitado.

Con mi hermana en el comité organizador, ya me siento más tranquila. Continúo pensando que no hacía falta ninguna fiesta, pero, aparte de mí, todo el mundo considera que es una idea fantástica. La tanda de llamadas para anunciar el evento es recibida con entusiasmo por suegras, cuñadas, amigos y amigas, vecinos, conocidos... A medida que crece el entusiasmo general, va disminuyendo el mío. Me gustaría huir y pasar mi cumpleaños sola en una habitación de hotel, donde nadie pudiese localizarme.

Pero ¿qué hago? Pues me pongo a organizar con el mismo ímpetu con el que Maragall preparó los Juegos Olímpicos, con el entusiasmo de Joyce cuando escribió el *Ulises* y con la inspiración de Belén Esteban cuando participa en «Salsa Rosa». Se trata de demostrar que, además de ser una madre excelente, una profesional admirada y una mujer de cuarenta años estupenda, soy la mejor del mundo mundial organizando este tipo de eventos. Eso sí: prometo solemnemente que ésta es la última vez que hago algo en contra de mi voluntad. ¡Al día siguiente de mi cumpleaños, conoceréis a la nueva Ilia!

A pesar de que Lola me presenta un montón de propuestas de locales para la fiesta, mi madre, mi suegra, mis cuñadas y mis amigas –la inclemente brigada femenina– deciden que una fiesta tan «especial» como la de los cuarenta no se puede celebrar en un local alquilado. Se tiene que hacer en casa. En *mi* casa, concretamente.

Mi madre opina que tenemos que empezar con los bocadillos de queso, la tortilla de patatas y la *escalibada*. Mi suegra se ofrece para encargar el catering en Semon. Ana me recomienda servilletas, mantel, vasos y platos de papel. Mi cuñada la pequeña me aconseja una mantelería de hilo y candelabros de plata. Beth se ofrece para acompañarme a Adolfo Domínguez para escoger modelito. «¿Adolfo Domínguez?», mi cuñada la mayor pronuncia el nombre como si le provocara náuseas: «¿Crees que es adecuado para una ocasión como ésta? ¿Por qué no miras algo de Jesús del Pozo?» Mi madre me había llamado el día anterior: «Cecilia, hija,

¿te has comprado algún traje elegante? Si quieres te acompaño a Cortefiel...»

Lola se compadece de mí y las hace callar a todas: ella me acompañará a casa de su amiga diseñadora, que es muy moderna y original –misericordia–, y del catering se encargarán unos conocidos suyos que triunfan en toda la ciudad (Juan me dirige una mirada de pánico). Cometo la última irresponsabilidad de la antigua Ilia y le digo que sí, que de acuerdo, que adelante.

Llega el día de la fiesta y me levanto con dolor de espalda y con unas bolsas oscuras bajo los ojos que asustan. A media mañana –no podía fallar–, me viene la regla y la barriga se me hincha como un globo. ¡Estoy tan cansada...!

Traen el catering; y creo que hay demasiada bebida y poca comida. No puedo abrocharme el vestido de la megadiseñadora, y tengo que ponerme una falda del año pasado. Aun así, parece que esté de cinco meses. Sólo desearía ponerme el pijama y quedarme tumbada en el sofá leyendo una novela de la Pilcher. Llega el primer invitado. Dibujo una gran sonrisa y oigo: «Buenas nocheeeees... ¿dónde está la cuarentona?»

Menudo fiestón.

Las suegras

–La mejor suegra es la suegra muerta.

La frase no es mía (¡Dios me libre!). Es de mi amiga Vilma, que resumió de esta manera su estado de ánimo después de haber tenido en casa durante una semana a la abuela de sus hijos. Estábamos tomando un café (por llamar de alguna forma al brebaje oscuro y caliente que suelta la máquina de la redacción). Justo cuando Vilma pronunció su sentencia: «La mejor suegra es la suegra muerta», entró en el «fumadero» Olivia, nuestra restaurada compañera especialista en moda, tendencias y estética. Nos miró desde sus ojos huérfanos de patas de gallo y dijo:

–¡No lo creas! Una suegra muerta es una madre mitificada. Yo acabé separándome por culpa de mi suegra, que había muerto cuando Will tenía diecisiete años.

Entonces, ¿no hay suegra buena? O, simplemente, ¿pasable?

Repasemos la clasificación según el lugar de residencia:

a) Suegra que vive lejos (como la de Vilma) y que, por tanto, en principio, tiene un punto a su favor. El inconveniente está claro: aunque sólo la veas dos o tres veces al año, o una Navidad de cada dos, estás obligada a un intensivo. Es decir, vives tranquila la mayor parte del tiempo, pero cuando te toca suegra, tienes que aguantarla veinticuatro horas al día, compartiendo con ella comidas y ratos perdidos, durante un período que puede ser breve... o no, pero que siempre se hace eterno.

b) Suegra que vive *muy cerquita* (como la de Ana). En este caso, el punto positivo es que puede ayudarte cuando los críos están enfermos o cuando tienen que llevarte un sofá nuevo a casa a una hora intempestiva. Huelga decir que eso no compensa de ninguna manera si la suegra en cuestión es de las que tienen tendencia a presentarse en casa sin avisar: «Como pasaba por aquí...»

Ya sea de las que viven lejos o de las que viven cerca, la suegra puede catalogarse según los cánones de conducta:

1) Suegra competitiva: «La carne guisada está buena, sí... pero ¿no le echas una hojita de laurel?» «Este ficus tiene sed... ¡si vieras el mío!»

2) Suegra superprotectora: «Te llamo para que le recuerdes a Jorge que tiene hora en el dentista. Ya sabes, como es tan despistado... Y cómprale un jersey de lana, que el otro día, con aquel frío, llevaba uno de algodón...»

3) Suegra ideal-de-la-muerte: «No está mal, este vino, sencillito...» «Y así, ¿tú compras en Zara?» «Tendrías que ir más a menudo a la peluquería...»

4) Suegra gruñona: «Estos niños... ¿no pueden estarse quietos ni un momento?» «¿Verdad que me harás el favor de limpiarte los zapatos antes de entrar?» «¿Un jarrón, me habéis regalado? No me hacía falta, pero vaya...»

Y que conste que no estamos todavía en la circunstancia –aunque estamos cerca– de que los suegros y/o los padres estén incapacitados y necesiten cuidados (¿en casa?, ¿en una residencia carísima?).

Y después está mi caso. Tengo marido y ex marido pero... en cuanto a suegras, ¡tengo dos! La madre de mi ex no ha dejado de ser mi suegra. En algún momento decidió que no le interesaba darse por enterada de nuestra separación y no ha alterado ni un pelo nuestra relación, es decir, su relación conmigo.

Así que entre ella, Amparo, y mi actual suegra, Regina, voy bien servida.

Amparo tiene ochenta años, es viuda, e Isaías es su único hijo. Es maestra jubilada, y respondería a una mezcla de los tipos 2 y 4, descritos anteriormente. Regina tiene sesenta años, seis hijos, mucho dinero, y se puede identificar fácilmente con los tipos 1 y 3. No me privo de nada.

Muy a menudo sufro todos los inconvenientes de tener dos suegras y ninguna de las supuestas ventajas. Quiero decir, por ejemplo, que Amparo siempre estaría dispuesta a hacerme de canguro, pero su nieto, Octavio, ya no lo necesita, y más bien tengo que pelear con él para que vaya a verla.

En cambio, no hace falta decir que Regina, que tanto podría ayudarme con las niñas de vez en cuando, no se ofrece jamás. Y cuando se lo pido, siempre tiene revisión ginecológica, o partida de bridge o una cita con su confesor.

En Navidad, Amparo me regala dos hueveras de cerámica para los huevos pasados por agua (a pesar de que sabe positivamente que nunca los comemos así).

Regina me trae un pañuelo de Hermès o un perfume de Dior (ella recibe sin inmutarse un brillante de la medida de un garbanzo de su querido marido, minutos antes de que tú le ofrezcas tu regalo de cien euros que te había parecido espectacularmente caro).

En cambio, Amparo celebra con grandes muestras de júbilo el monedero que le he regalado, y Regina comenta, sin disimular su decepción, que la bandeja de plata mexicana que me ha costado un ojo de la cara «quedará bastante bien en la casa del Pirineo» (porque es evidente que no tiene suficiente categoría para decorar el piso de Barcelona).

—¿Sí?

(Ha sonado el móvil mientras volvía a mi mesa en la redacción.)

—Ilia, soy Beth. ¿Puedes hablar?

—Estoy en el trabajo...

—Ah, perfecto. —¡?!—. ¡Tengo que contarte algo!

—Dime.

—He conocido a un hombre.

—¡Caramba! —Cuando utiliza esta frase, Beth quiere decir que no ha conocido a un hombre cualquiera, sino a un hombre que le interesa, un hombre que podría ser el padre de sus hijos—. ¿Quién es?

—No lo sé. Hemos coincidido en la sala de espera del otorrino. Es muy, muy atractivo.

—¿Te duele el oído?

—Sinusitis. Él también.

—¡Cielos, es una señal! Ya tenéis algo en común.

–No te rías. Es simpático y bien educado. Parece divertido, y creo que debe de ser abogado, por algunas cosas que ha dicho.

–Ya. Pero ¿es heterosexual? ¿Está casado? ¿Tiene hijos? ¿Tiene madre? Por Dios, ¡ésas son las cosas que tienen interés, Beth!

–Ya investigaré... hemos quedado para el viernes.

No he conocido a nadie que tenga tanta facilidad para ligar y tanta dificultad para consolidar relaciones como Beth.

–¿Y dices que es guapo? ¿Guapo como quién?

–Sonrisa de George Clooney, cuerpo de Carles Moyà, expresión de Leonardo Sbaraglia y ojos de Paul Newman cuando era joven.

(¿Cómo se puede tener «expresión de Leonardo Sbaraglia»?)

Una mirada del director me obliga a acabar la conversación precipitadamente. Mando un mail a Vilma para comentarle la novedad de Beth. Cuando acaba de leerlo, veo que pone los ojos en blanco y cara de desconfianza total.

Vuelve a sonar el móvil. Afortunadamente, el dire ya ha vuelto a su despacho y no lo oye.

–¿Sí?

–¿Ilia? Soy Regina. Oye, el domingo celebraremos el cumpleaños de papá. Estáis invitados a comer... los cinco.

La bruja... lo dice por Octavio, que no es nieto suyo. «Estáis invitados a comer.» Qué fórmula tan familiar, ¿verdad? Cuento hasta diez y respondo:

–¡Ah, muy bien! ¡Claro que iremos! ¿Qué quieres que lleve?

–Si queréis ir a Mauri y traer algo de postre...

(O sea, no se te ocurra comprarlo en la pastelería de tu barrio. Tiene que ser en Mauri, o en Foix, o en La Farga. Siempre me saldrá más a cuenta que si tengo que llevar el champán, que de Moët no baja...)

–¿Y qué le hace falta, a papá?

–Hacerle falta... –Nada, ¿qué coño le va hacer falta, al millonetis de mi suegro?–. Le hace falta memoria y agilidad.

Risita. Ahora resulta que es graciosa.

–Ja, ja. Ya encontraremos algo –digo.

–Ay, Ilia, bonita, tengo que dejarte... llego tarde a clase de yoga.

–Hasta el domingo, entonces.

Ya ha colgado.

Los nuevos amigos: Sam, Bea, Estée (Lauder) y Elizabeth (Arden)

A estas alturas, ya pensaba que el círculo de mis amistades estaba bien definido y que sería difícil que hubiesen nuevas incorporaciones. Es decir, muchas relaciones sociales, de trabajo, de vecindad, en el colegio de las niñas, pero ninguna relación intensa e imprescindible.

Pero me equivocaba. Los cuarenta también te regalan esa sorpresa. Encuentras nuevos amigos, ¡claro que sí! Y la relación con ellos es intensa e imprescindible.

El primero es tu entrenador personal, perdón, *personal trainer*. Esa persona que te asignan cuando vas a matricularte al gimnasio con la secreta intención de pagar la matrícula y dos o tres mensualidades sin aparecer por allí, como una manera fácil y relativamente económica de tranquilizar tu conciencia. Si lo hice al cumplir los treinta y los treinta y cinco, ¿por qué no habría de hacerlo con los cuarenta? Pues porque la chica de la recepción del Body-Gim, muy mona ella, muy joven ella, muy musculosa ella, me suelta de entrada:

–¿Querrá que le adjudiquemos un entrenador personal que le aconseje los ejercicios más indicados para su edad?

–¿Qué quieres decir con eso de «mi edad»? –pregunto en un tono de voz agresivo, casi histérico.

–Pues que hay programas especiales para preparar el cuerpo para la madurez y evitar que la menopausia le afecte en exceso.

Dibujo mi mejor sonrisa y, desde la cornisa de mis cuarenta fabulosos años, le respondo:

–Pues sí, quiero un preparador, y que sea guapo, ¿eh? Que nunca se sabe cómo pueden acabar estas cosas... Y ¡mira que si a mi vejez consiguiera descubrir por fin las delicias del sexo!

Pobrecita. Me mira auténticamente consternada. Esta noche lo contará en casa: «Hoy ha venido una vieja loca que no había follado nunca.»

A los pocos minutos, veo avanzar hacia mí por el pasillo un cuerpo atlético, más que Danone, coronado por una gran sonrisa:

–Hola, soy Samuel, tu entrenador personal. Puedes llamarme Sam.

Me esfuerzo por escuchar lo que dice y desviar mi mirada de sus abdominales para rayar queso, que se dibujan debajo de una camiseta ceñida como una segunda piel.

–Hola, Sam. Yo me llamo Cecilia, pero puedes llamarme Ilia.

Y con esta sintonía que promete una gran amistad, Sam me conduce por ese mundo de cuerpos sudados, máquinas que chirrían y unos verbos que nunca hasta ahora había conjugado: tonificar, endurecer, muscular, reducir, depurar, drenar, revitalizar... por no hablar de la cantidad de partes del cuerpo que ni siquiera sabía que existían.

Mientras Sam suelta su discurso, yo me limito a deleitarme con la visión de sus brazos jóvenes, de sus labios bien perfilados, de sus muslos duros como piedras. Y cuando acaba, le explico, suavemente, que ni *necesito* adelgazar, ni *deseo* rejuvenecer mi cuerpo, ni *sueño* con recuperar el cuerpo que nunca he tenido. Sólo quiero hacer un poco de ejercicio para no llegar a la jubilación con un cuerpo de corcho que no me permita seguir el baile de los pajaritos. Observo el rostro de Sam esperando encontrar una expresión de incomprensión total o unos ojos escandalizados, pero... ¡milagro! El chico sonríe abiertamente y dice:

—De acuerdo, Ilia, dejémonos de tonterías y vamos a por ello.

¡Oh, aleluya! Me ha tocado el único entrenador personal que podía sintonizar, aunque sea ligeramente, con mi manera de ver el mundo. Dentro de esa cabeza llena de rizos esculpidos con gomina hay un cerebrito que funciona. ¡Gracias, Dios mío!

Y Sam me indica algunos ejercicios para desentumecer los hombros, me recomienda los movimientos adecuados para no quedarme enganchada, para tonificar la musculatura de la espalda, para liberar las cervicales...

Quedamos en que nos veremos un par de veces por semana —así puedo decir sin mentir que me cito con un hombre joven y atractivo a quien le importa mi cuerpo—, y Sam me pregunta, al cabo de unos días, si empiezo a levantarme del sofá sin soltar gemidos, o si puedo volver a levantarme sin ayuda después de haber estado en cuclillas unos minutos abrochando las deportivas a mi hija. ¡Y sí! ¡Tiene razón! ¡Empiezo a estar menos rígida! ¡Incluso podré bailar la parte de los pajaritos en la que hay que menear la colita mientras te agachas!

Cumplir con la cita de Sam me provoca algunos quebraderos de cabeza: tengo que sobornar a Octavio para que se quede con las niñas, hacer entender a mi madre que no podré visitarla todos los días, dejar de comprar algunos caprichos: en lugar de Petit Écolier, simples galletas marías; en lugar de desmaquillante de Estée Lauder, una leche de Nivea, y las bragas, a partir de ahora, de Avet. Es una medida coyuntural, mientras me dure el entusiasmo...

También me obliga a visitar regularmente el centro de estética (no veas qué sofoco el día que vi en el espejo que tenía pelos en la axila mientras Sam me obligaba a levantar los brazos para hacer flexiones).

Una cosa es mi marido, que está acostumbrado, y estoy casi segura de que ni se da cuenta, y otra cosa es Sam.

Así que, a base de visitar el centro de estética más a menudo, acabo por hacerme amiga de Bea, la esthéticienne.

Pero Bea no me comprende tan bien como Sam; se le hace un poco más difícil. Quiere convencerme de que hay algunas cosas relacionadas con mi cuerpo que *no puedo descuidar*. La escucho pacientemente:

—Voy a mínimos, ¿eh? —advierte la pobre Bea.

—A ver...

—Pedicura y manicura, limpieza de cutis una vez al mes, *peeling* corporal cada tres, permanente de pestañas cada dos... Todo eso, además de adquirir ciertos hábitos en casa: hidratante de día y de noche, mascarilla de contorno de ojos una vez a la semana y guante de crin con exfoliante en la ducha.

–Ni lo sueñes. No tengo tiempo, ni dinero, ni paciencia para todo eso. –Ella, claro, no cuenta con encontrar horas para la peluquería y la depilación, que para mí ya es un milagro.

Bea me mira, desolada:

–Pero si ni siquiera te he hablado del drenaje linfático, ni de los anticelulíticos, ni...

–Mira, si quieres, recomiéndame un par de cremas y procuraré acordarme de usarlas.

–De acuerdo. De hecho no te puedes quejar de tu cuerpo... para haber cumplido los cuarenta y haber tenido tres hijos estás estupenda.

–¡Hombre, claro que sí! ¿Qué son unos pechos caídos, unas patas de gallo, unas estrías en los muslos, un meloncito en la barriga, cuatro manchas en la frente, un poco de papada y las cortinas venecianas de los brazos?

¿A quién podría importarle?

La buena de Bea, cada vez más desorientada, acaba diciendo:

–Yo creo que tu secreto para mantenerte así de bien es haberte casado con un tío mucho más joven que tú...

Y si quedaba algún rastro de optimismo en mi interior, se ha esfumado tan de prisa como la crema hidratante que la chica extiende por mis piernas y que mi piel chupa con auténtica desesperación.

Antes de despedirnos, Bea me recomienda potingues diversos, todos carísimos:

–Éste es un concentrado reafirmante antiarrugas, con sistema antifotoenvejecimiento.

–¿...?

–Mira esto: ¡es una pasada! ¡Reduce las arrugas en una hora!

–¡No me digas! –Mi escepticismo la desespera. Pero insiste, leyendo los prospectos con un entusiasmo digno de mejor causa.

–Es una asociación de extracto de malva para favorecer la renovación celular, extracto de polentilla, que ayuda a reforzar la adhesión de la dermis a la epidermis y un lipopéptido que mejora la sujeción de la piel.

(Os juro por Dior que ha dicho esto, textualmente.)

–Hija, parece que se me vaya a caer la piel a tiras en cualquier momento...

–Puedes añadir la crema de contorno de ojos de la misma casa: «Alisa e ilumina el contorno del ojo, la mirada parece intensamente más joven.»

–...

–Y también tienes ésta: un tratamiento global antiedad. Lleva aceites esenciales y fitoestimulinas, y un extracto natural extremadamente regenerador. Es de acción *lifting*, lleva cafeína y silicio, que estimula la microcirculación y favorece la eliminación de la grasa que se acumula en la papada...

Su voz va perdiendo volumen ante mi rostro, primero inexpresivo, poco a poco, horrorizado. De repente, abre un cajón y me ofrece un tarrito, dibujando una gran sonrisa:

–Mira: la casa Clinique ha sacado un producto que, según el prospecto, quiere «romper mitos».

–¿Ah, sí? ¿Y cómo piensa hacerlo?

–El eslogan es: «La belleza no es parecer joven, sino tener buen aspecto.»

No tengo valor para decirle lo que pienso. Sonrío y acepto:

–De acuerdo, dame ésta.

Bea parece finalmente satisfecha mientras mete en la bolsa muestras de exfoliantes, hidratantes y perfumes.

–Ya verás cómo te funcionará –asegura, en tono optimista.

–¿Pero seguro que lleva isoflavonas de soja? –pregunto con aire inocente.

Bea queda desconcertada sólo unas décimas de segundo. Después pone los ojos en blanco y resopla.

–Eres imposible, Ilia.

Cena «Mujercitas»

Es lunes, llueve, y tengo la regla. ¿Qué más se puede pedir?

Llego a la redacción. Dejo caer un «buenos días» que sólo puede haber oído el pañuelo que llevo anudado al cuello y enciendo el ordenador. Voy al correo. Un e-mail de Beth: «Se llama Gerardo. Es abogado. Está a punto de separarse. Besa de muerte. Necesito una cena "Mujercitas".»

Aclaración: una cena «Mujercitas» es un encuentro a cuatro (Beth, Vilma, Ana y yo) para hablar de amor. Consejos, confesiones, experiencias románticas...

También están las cenas «Thelma y Louise», que se convocan cuando alguna tiene tentaciones de mandar a paseo a la familia, o de transgredir las normas –cualquier norma– o directamente, de tirarse con el coche por un precipicio. Digamos que son como la versión *light* y la versión *heavy*. Cualquiera de nosotras puede sentirse un día Mary Poppins y al día siguiente Nina Hagen, ¿no?

Convoco a Ana y a Vilma: «Beth solicita una cena "Mujercitas". Ha conocido a un tío que está a punto de separarse (¡?). A las diez, en el japonés.»

Respuesta de Vilma: «OK. Supongo que la mujer del tío en cuestión está enferma y hace tiempo que no folla, ¿verdad?»

Respuesta de Ana: «¿Le ha dicho que su mujer toma antidepresivos y que, de hecho, ya no duermen juntos? De acuerdo, iré.»

Escribo a Beth: «A las diez, en el japonés, reservo yo. Todas confirmadas. Que no te pase nada.»

Con la cena convocada, pongo en marcha la maquinaria para conseguir que pueda asistir.

Llamo a Juan para preguntar si llegará temprano a casa. Imposible, justamente hoy tiene comité de dirección. Llamo a Jessica: no puede venir, tiene prácticas de conducir de nueve a diez. Llamo a la sobrina de Juan: tiene la gripe. Llamo a la hija de los vecinos de arriba (¿Ainhoa?, ¿Aroa?): había quedado para ir al cine, pero puede venir si Juan se compromete a llegar entre las diez y cuarto y las diez y media. La peli empieza a las once menos cuarto. Llamo a Juan: «De acuerdoooo... estaré en casa a las diez y media.» Llamo a la vecina (¿Andrea?, ¿Águeda?). Llamo a Octavio para advertírselo. Pondrá el grito en el cielo porque «ya tiene catorce años y no hace falta que nadie lo vigile». Le explico que no es por él, que es por las niñas. Cuando sabe que irá la vecina (¿Aída?, ¿Anaïs?) –no la puede ver, dice él; yo creo que le gusta–, se pone histérico. Lo amenazo con castigarlo sin partido de baloncesto el fin de semana. Cede.

Ya no me apetece ir a la cena.

Pero voy, claro, y me olvido con una facilidad realmente sorprendente de las niñas, de Octavio, del comité de dirección y de la hija de los vecinos (¿Sarai?, ¿Ainara?).

VILMA: Entonces... seguro que es hetero, ¿no? Porque eso de que no insistiera para que te acostaras con él...

BETH (con una sonrisa triunfal y bastante estúpida): ¡Es hetero! Lo que pasa es que no se trata de algo puramente sexual. Ya os lo he dicho: es un hombre sensible, y creo que podemos tener una relación seria...

ANA: ¿Te divertiste con él? ¿Es un conversador brillante? Tienes que asegurarte de que tiene algunas cualidades que a la larga son importantes... No sabes cómo echo de menos tener conversaciones interesantes... A veces me pregunto cómo pude casarme con alguien tan aburrido como Roque. ¿En qué estaba pensando? Cuando se acaba la pasión... como mínimo que te quede un cerebro que no esté mal para charlar...

ILIA: No creas... mira Isaías: tan inteligente, tan culto, siempre a punto para hablar de literatura y de política, para visitar exposiciones... Pero cuando me despertaba, por la mañana, y lo observaba mientras dormía pensaba: «¿Qué hago yo con este señor gordo y calvo en mi cama?»

VILMA: Dejaos de tonterías. A los hombres no se les tiene que pedir demasiado. Son primarios por naturaleza, y más vale que sea así. Como el mío: básico. En seguida descubrí que si lo tenía bien comido, bien dormido y bien follado, no daría ningún problema.

BETH: De verdad que es muy atractivo... y parece sincero...

VILMA: Sí, ¡tan sincero como un político en campaña electoral...! ¿La estáis oyendo? Y dices que está a punto de separarse, ¿no?

BETH: Bueno... de hecho... se ve que ya viven prácticamente separados... lo que pasa es que su ex está un poco desequilibrada y lo amenaza con el suicidio...

ANA: ¡No me lo puedo creer! ¿Estás de cachondeo, no? Mira, Beth, si te quieres liar con un caradura que está casado porque consideras que te gusta lo suficiente ¡adelante! Pero, por favor, ¡no pretendas hacer ver que lo crees!

ILIA: ¡No seáis bestias...! Beth todavía cree en el amor. Aún busca al padre de sus hijos. Todavía cree que lo encontrará.

VILMA: Uy, tú sí que eres delicada, Ilia...

Beth es la más joven de las cuatro, pero, sobre todo, es la más ingenua (imagino que el hecho de estar soltera debe de ayudar). Es una persona generosa, romántica, que podría hacer feliz a cualquier hombre... pero está demasiado buena. Los hombres la seducen esperando encontrar una *femme fatale* que los devore y desaparezca, y ella cree que detrás de cada tío hay un príncipe azul.

Trabaja como secretaria del director de un hospital, y eso quiere decir que ya se ha enamorado de todos los médicos del centro y que todos, sin excepción, la han dejado tirada. No obstante, nunca he visto una fe en el género masculino como la suya.

BETH: Todas buscamos lo mismo, Ilia. Mírate a ti misma... después de Isaías y de lo mal que lo pasaste con el divorcio, lo volviste a probar con Juan. Y si saliese mal, estoy segura de que insistirías hasta encontrar al hombre de tu vida.

ILIA: A estas alturas, Beth, ya sé que el hombre de mi vida soy yo.

VILMA: Yo sé que NO es Claudio. Algo es algo... No busco a otro, pero si apareciese...

ANA: Pues claro, mujer, todavía tenemos que vivir el amor de la vejez, ¿no?

VILMA: Sí... pero será una mujer.

?????

VILMA: No me miréis así. Quiero decir que, cuando el sexo ya no nos interese, ¡a ver quién aguanta a un hombre!

3, 2, 1... ¡¡¡Navidad!!!

Esta noche he puesto la mesa para cinco. He tenido una especie de ataque de felicidad familiar: en el exterior hace frío y nosotros estamos todos en casa, sanos y protegidos, y a punto de compartir una sopa que al señor Gallina Blanca le sale fantástica y unas hamburguesas que ya las querría el señor Burger King. Me detengo delante del calendario de la cocina para apuntar la cita con el pediatra de las niñas y me doy cuenta de que se ha terminado el mes de noviembre. Arranco la hoja con un entusiasmo digno de mejor causa y grito:

–¡Ya es diciembre! ¡Se acerca la Navidad!

Mis hijas pequeñas aparecen de repente en la cocina, risueñas y alborotadas:

–¡Ya es Navidaaad, ya es Navidaaad...! –cantan.

Aparece Juan:

–¡Tú verás cómo les haces entender que todavía falta un mes...!

Luego aparece Octavio, el flequillo en los ojos:

–Tengo hambre. ¿Aún no podemos cenar?

Les digo que ya pueden sentarse a la mesa y empiezo a servir la sopa. Las niñas no se callan:

–¡Ya es Navidaaad! ¡Ya es Navidaaad!

De repente, la pequeñísima Berta me mira, los ojos como bombillas de cien vatios, y pregunta:

—Y ¿qué es la Navidad?

Entre risas, la ayudamos a recordar:

—Navidad es cuando comemos turrones y mazapanes —dice Octavio.

(«Navidad es cuando engordo tres kilos en diez días», pienso yo.)

—¡Navidad es cuando llegan los Reyes Magos! —dice María.

(«Navidad es cuando me gasto la paga doble enterita en regalos y juguetes», pienso yo.)

—Navidad es cuando vamos a casa de los abuelos —dice Juan.

(«Navidad es una ristra de comidas y cenas familiares, la sonrisa petrificada de tanto mantenerla en el rostro, griterío de críos, comentarios sarcásticos de mis cuñadas, censura callada de mi querida suegra por nuestro regalo», pienso yo.)

Y de repente, me siento terriblemente cansada, y la entrañable escena familiar ya no me enternece, y sólo querría ponerme el pijama y quedarme catatónica frente al televisor viendo «Gran Hermano».

Pero al día siguiente, por la mañana, llama mi suegra:

—Hola, Cecilia, bonita, mira, que estoy aquí con las niñas —sus hijas, las hermanas de Juan, mis cuñadas— preparando el menú para los días de Navidad y todo eso. Querríamos saber qué días estaréis con nosotros y si traerás a Octavio...

Y... rrrrrrrrrrrr... ¡comienza el espectáculo! ¡Con todos ustedes, Ilia, la artista que salta del trapecio sin red! ¡La mujer que es capaz de mantener veinte platos dando vueltas a la vez! Ahora ayuda con el pavo a su ex suegra; ahora aplaude a María en el concierto de villancicos; ahora ayuna tres días para poder embutirse en el vestido de lentejuelas de fin de año (que compró de la talla 40, a pesar de que sabe positivamente que cada Navidad engorda dos kilos); ahora busca por toda la ciudad unas alas para el disfraz de ángel de Berta; ahora compra regalos para los mayores y para los chicos; ahora llena la casa de velas y de muérdago; ahora escribe artículos; ahora adorna paquetes con grandes lazos que nadie valora en el momento de abrirlos; ahora resiste la tentación del turrón de chocolate; ahora...

¡¡¡MISERICORDIA!!!

El resultado de todo este lío fue: grabé en vídeo el concierto de villancicos de María, sin haber puesto cinta en la cámara; regalé una pitillera a mi cuñada Pepa, que parece ser que dejó de fumar el año pasado; cociné el pavo, sin echarle sal; reventé el vestido de lentejuelas; monté un belén sin niño Jesús (no hubo manera de encontrarlo); después, Octavio pedía un rescate...; regalé a mi madre una blusa que hay que cambiar porque es de un color demasiado chillón para su edad (el jersey del año pasado era demasiado *triste)*; la Nochebuena la pasé llorando porque Octavio estaba con su padre y lo echaba de menos; mi hermana Lola me llamó desde Punta Cana y casi me muero de envidia.

Por cierto, que en Nochevieja tuve follón con mi madre porque, como Lola estaba en Punta Cana, y mis hermanos, con sus respectivas parejas, cenaban juntos en un restaurante de trescientos euros el cubierto, ellos «tenían que pasar solos el fin de año».

—Llamaré a Regina y le comentaré que vosotros también iréis a cenar —dije yo, como una buena hija que soy.

—¡Ni hablar! ¿Tu padre y yo en casa de tus suegros? De ninguna manera: ¡no tengo nada que ponerme!

—Eso no importa, mamá, lo importante es que estemos juntos...

—He dicho que no. ¡No, no, ni hablar!

—De acuerdo, de acuerdo...

—Nada, cenaremos los dos solitos, y después de las campanadas, ¡a la cama! ¡Qué le vamos a hacer!

Su capacidad para hacerse la víctima me altera los nervios. Mientras, Octavio se negó en redondo a cenar en casa de Regina, como era de esperar.

—Pero, Octavio, si en Nochebuena ya no estuvimos juntos.

—Allí tampoco vamos a estar juntos, con la cantidad de gente que hay. Además, ya sabes que no los puedo ni ver, a esa panda de pijos.

Conclusión:

—¿Regina? Mira, lo siento mucho, pero este año no podremos ir a tu casa por Nochevieja... Sí, ya sé que es una tradición de los Salvans. —¡Ni que fueran los Borbones!

Y después:

—Mamá, mira, que al final cenaremos en casa, en Nochevieja. Vendréis, ¿no? Sí... también estará Octavio.

—Ay, mira qué bien, justo acaba de llamarme tu hermano para decirme que al final no van a ese restaurante, que es demasiado caro. Les diré que se vengan los cuatro a tu casa, ¿qué te parece?

Finalmente, llega el día 8 de enero. Balance de esta Navidad de la nueva Ilia de cuarenta años: tres kilos de más, el regalo de mi querida suegra por cambiar, las dos niñas con diarrea, Octavio con un catarro considerable, ropa para lavar, ropa para planchar, el frigo vacío, la tarjeta de crédito a punto de chillar, el cuarto de juegos como un campo de batalla recién terminado el combate.

Juan se ha largado a trabajar, Octavio se ha tomado una aspirina y lo he mandado al instituto, María está en el colegio y Berta en la guardería. (Llamo: tienen que comer arroz hervido.) Me quedo sola en casa, cojo aire y lo suelto lentamente: guardo las bolas del árbol de Navidad y lo bajo a la calle para que el ayuntamiento lo recoja y lo vuelva a plantar (no quiero tener remordimientos); barro la casa llena de agujas de abeto; ordeno los juguetes; hago la compra (verdura, verdura y más verdura); cambio el regalo de las narices de mi suegra (tampoco le gustará); pongo lavadoras; plancho. Me peleo con los pantalones para abrocharlos, me cabreo, voy al periódico, empiezo la jornada y el nuevo año agotada, bajo mínimos. Revuelvo en los cajones de mi mesa... En algún sitio tiene que haber una caja de Tranxilium.

Tener hijos no te cambia la vida: te la destroza

Lo de Beth no tiene remedio. Me ha llamado para preguntarme si había tirado o regalado la cuna de las niñas.

–No. Todavía la tengo. ¿Quién la necesita?

(El tráfico de cacharros relacionados con la maternidad, ya lo sabéis, es constante entre mujeres: ropa de embarazada, cochecitos, mochilas... No nos pasamos los chupetes porque todavía nos quedan escrúpulos, que si no...)

–Quién sabe... quizá yo misma. Sólo quería asegurarme de que guardas esa cuna... ¡Es tan mona!

Tengo que contar hasta diez. Respiro hondo.

–¿Qué quieres decir exactamente cuando dices que quizá la necesitas tú?

Ella no se inmuta.

–Quiero decir que las cosas con Gerardo van muy bien. Sólo eso.

Gerardo es el tío hetero-que-está-a-punto-de-separarse que Beth conoció hace un mes.

–¡Estás como una cabra! ¿Hace un mes que lo conoces y ya piensas en quedarte embarazada?

–Todavía no he decidido nada.

–¡Caramba! ¡Qué prudente! Quieres decir que sólo barajas la idea y por eso quieres que te guarde la cuna, ¿no?

Se produce un silencio e imagino a Beth con los ojos llenos de lágrimas. Me insulto mentalmente por haber sido tan poco delicada.

—Mira, Beth, lo siento. Ya sé que te mueres por tener un niño, pero ¡no puedes correr tanto! Seguro que ya se lo has insinuado, ¿no? ¿No ves que desaparecerá más de prisa que la talla 40 en las rebajas de Adolfo Domínguez?

—¡No le he dicho nada! —protesta Beth.

—Pero ya has mirado en los escaparates de Prenatal ¡seguro!

—No había nada que resultara favorecedor...

—¡Beth! Además, la ropa de embarazada no favorece POR DEFINICIÓN. ¡Buf! Y no compres nada... yo tengo un montón de cosas.

Mientras preparo la cena, pienso que debe de ser terrible oír el tic-tac de tu reloj biológico en la nuca. Beth tiene treinta y siete años. Y desde los veinte quiere ser madre. Creo que ya hace tiempo que en vez de buscar al hombre de su vida busca sólo al padre de sus hijos. Eso es terrible, porque es incluso más difícil de encontrar. Si yo hubiese pensado en Isaías o en Juan como padre de mis hijos, no me habría casado con ninguno de los dos.

Lo que me cuesta entender es cómo no se le han quitado los deseos de ser madre oyéndonos hablar todo el rato a las demás: Ana, con sus gemelos, sus noches en blanco, sus horas en urgencias, sus dinerales en pañales; Vilma, con sus dos crápulas adolescentes que no quieren estudiar y que se pasan los días tirados en el sofá o enchufados a la Play; yo misma, con este abanico de problemas que abarca desde la moto de Octavio hasta la diarrea de Berta.

Los hombres ven venir a Beth. Huele a compromiso, y ellos huyen como si estuviese apestada. Y ahora, ese tal Gerardo, que no creo que le dure hasta el verano.

En pleno sofrito, llama mi madre:

–Cecilia, hija, ¿me podrías acompañar al médico mañana?

–¿Qué te pasa? ¿Te encuentras mal?

–Yo siempre me encuentro mal. Ahora tengo taquicardia cuando me despierto.

Hacer de madre es pesado, pienso, pero hacer de hija... ¡no es ningún chollo!

–Si te parece que es necesario, sí, te acompañaré...

–Mujer, a lo mejor no es necesario... Total, si me da un infarto...

–Ay, mamá, ya sabes que no quería decir eso. Lo digo porque has estado en el médico hace poco y te dijeron que eso de las taquicardias no tenía importancia... ¿Y papá? ¿Cómo se encuentra?

–¿Tu padre? ¡Fresco como una rosa, como siempre! Por él no te preocupes...

«Eso. Por él no tengo que preocuparme, que sólo tiene un principio de alzheimer y dentro de cuatro días no se acordará ni de cómo se llama. ¿Qué es eso comparado con unas taquicardias femeninas?»

Prometo a mi madre que la llevaré al médico. Lo apunto en el calendario de la cocina. Me cuesta encontrar un hueco en el cuadradito de mañana. Leo: fiesta de cumpleaños de una amiga de María, revisión del aire acondicionado, comprar un chándal para Octavio y recoger los trajes de Juan en el tinte. Apunto «médico mamá» y añado «tlf. Beth». Tengo que estar pendiente de ella para que no haga una tontería.

Organizaré una cena «Mujercitas». La verdad es que, en el tema hijos, cada historia tiene su gracia: Vilma, que se casó embarazada de un penalti más que dudoso; Ana, con su historial de tratamientos fertilizantes y los gemelos que llegaron cuando ya creía que había perdido el partido; yo, con la prórroga del segundo matrimonio, y ahora la pobre Beth, que intenta desesperadamente marcar un gol en los minutos de descuento.

Uf. Qué futbolística. ¿Me estará pasando algo? Miro el calendario de reojo. Levanto la hoja y miro dónde está la R roja del mes pasado. Dos días de retraso. ¡Ay, Dios!

A ver si me pasa como a mi madre, que dice que mi hermano menor es hijo del butanero: marcó con una señal en el calendario el día que esperaba el butano y cuando puso en práctica el método Ogino y miró qué día le tenía que venir la regla se confundió de señal.

Estoy entretenida con estos pensamientos cuando se abre la puerta de la cocina con ímpetu –sospecho que como consecuencia de una patada–, y la voz llena de gallos de Octavio dice:

–Mamá, ¿qué hay para cenar?

–Macarrones.

–Puaj. Pues no pienso comer: les echas cebolla.

–Claro que echo cebolla. No se puede hacer un sofrito sin cebolla. Te haré una hamburguesa...

(A destacar, mis pocas ganas de pelea.)

Entran las niñas. He hecho macarrones porque María lleva unos días sin hambre –sale de una gripe–, y la única manera de asegurar que coma es darle macarrones. A Berta le toca puré de verduras con pollo, que, afortunadamente, tengo congelado en dosis individuales (la experiencia es un grado). Yo me comeré una ensalada (qué más quisiera que zamparme unos macarrones, pero me he propuesto seguir la dieta en serio hasta el verano).

Llega Juan diciendo que ha pillado un resfriado de los serios y que nada le apetecería más que una taza de caldo muy caliente (gracias, señor Gallina Blanca, por esos magníficos tetrabriks).

Así que acabamos el día de esta guisa: sentados como una familia normal alrededor de la mesa, comiendo cada cual un menú distinto. «Restaurante Ilia.» ¿No suena mal, verdad?

Antes de acostarnos, oímos el timbre del teléfono. Es Jessica, la canguro de las niñas, para decirme que YA no es la canguro de las niñas. Le ha salido trabajo en la charcutería del barrio.

–Ah, claro... ganarás más.

–No, no es por eso...

–¿Es que te gusta, eso de la charcutería?

–¡¡NOO!! No es por eso.

–Entonces, ¿por qué es?

–Puedo trabajar por la tarde, y así no tendré que levantarme temprano. ¡Podré dormir hasta mediodía!

—¡¡...!! ¿Y cuándo dejarás de venir a casa?

—Pues... mañana.

—¡¿Mañanaaa?!

—Sí. Mañana no pienso levantarme hasta que mi madre tenga la comida en la mesa.

—Chica, qué suerte. Que duermas bien.

—¡Gracias!

Juan ve que tuerzo el morro.

—¿Problemas?

—Sí. Jessica nos deja.

—¿Jessica?

—La canguro que lleva... que llevaba a las niñas al colegio por la mañana.

—Ostras, qué putada.

Lo dice mientras me acaricia el pelo al pasar cerca de mí.

—Me voy a la cama, estoy muerto.

Lo sigo hasta la habitación y pongo el despertador una hora antes.

El paso del ecuador

Eso de cumplir cuarenta comporta, necesariamente, y aunque te esfuerces por evitarlo, una acusada tendencia al balance. ¿Por qué?

Podríamos buscar razones menos desagradables, pero sólo hay una que sea cierta: sabemos que (si tenemos suerte) estamos en la mitad de nuestra vida. Suena terrible, lo sé, pero es así. ¿Hace falta que os recuerde ahora eso de «peor sería no haber llegado hasta aquí», etc.? Me lo puedo ahorrar, ¿verdad? Gracias.

Y lamento deciros que todavía tengo una noticia peor: cuando has claudicado ante la tentación de evaluar estas cuatro décadas que has vivido, te das cuenta de que el balance es bastante triste:

1. La pequeña Ilia quería ser *prima ballerina* del Bolshoi, y ahora, cuando das un bote jugando con tus hijos, puedes oír tus vértebras interpretando alegremente una rumba.

2. La joven Ilia pensaba viajar por todo el mundo antes de escoger el lugar donde establecerse, y resulta que se ha quedado viviendo en la ciudad donde nació. (Aunque viajó a París al terminar el bachillerato y ha realizado algunas excursiones a Andorra para comprar quesos.)

3. La tierna Ilia iba a llegar a los cuarenta en plena forma: un cuerpo esbelto y elástico y un aspecto juvenil y dinámico (no

como tu madre, la pobre, con ese aspecto tan clásico de «señora» desde los treinta). Y bien, es cierto que usa vaqueros, pero ya no puede llevar cualquier marca; los de Armani le sientan mejor y disimulan su celulitis.

4. La romántica Ilia tendría el acierto de enamorarse de un auténtico príncipe azul que le correspondería con la misma intensidad durante el largo matrimonio, manteniendo encendida la llama de la pasión. Y aquí está: con un matrimonio fracasado a sus espaldas y un segundo intento que, francamente, tiene ciertas dificultades para mantener encendidos los rescoldos.

Pero ¡atención! No *todo* es malo. Hay otro balance, el de la lista de cosas que nos hemos sacado de encima desde que somos mujeres de cuarenta:

1. Las peleas con las amigas (haced memoria, eran continuas cuando éramos pequeñas: cualquier chorrada era motivo suficiente para decir «ya no soy tu amiga»). Ahora, a todas nos dan pereza las peleas y, no digamos, las reconciliaciones. Para enfadarte con tu amiga hace falta que... no sé... se haya acostado con tu marido. Y aun así... oye, todo se puede hablar...

2. El desasosiego posterior al coito, cuando tu pareja se quedaba en silencio a tu lado y tú empezabas a preguntarte «qué está pensando», o peor: «En quién está pensando.» Y te armabas de valor y preguntabas: «¿Qué piensas?» «Nada.» Y tú pensabas: «No se puede estar sin pensar en nada.» Ahora ya sabes que te equivocabas: ellos sí pueden (de hecho, lo hacen continuamente). Cuando se quedan callados después de hacerlo, o se han dormido o –los

metrosexuales– luchan por no dormirse. Y, en el caso poco probable de que estén pensando algo, no tendrá nada que ver ni contigo, ni con la apasionada escena que acabáis de vivir. Seguramente tiene que ver con el trabajo; así que, mejor no preguntar qué está pensando, no vaya a ser que te lo cuente.

3. Las sutiles maniobras para hacer entender a tu pareja cómo te sientes sin decírselo. A estas alturas, ya sabes que se trata de una pérdida de tiempo. Tu hombre necesita que le hables claro: si quieres que te invite a cenar, tienes que decirle «quiero que me invites a cenar». Nada de «no hay casi nada en el frigo» o «hace tanto tiempo que no como sushi». No: «QUIERO QUE ME INVITES A CENAR.»

Si no te apetece hacer sexo, nada de «¿cómo es posible que tenga tanto sueño?» o «¿has visto qué documental tan interesante ponen en la 2?». «NO ME APETECE.»

Hasta aquí, la lista de las cosas que pensábamos que tendríamos o haríamos cuando tuviéramos cuarenta años, y una lista de cosas que nos hemos quitado de encima cuando hemos llegado a los cuarenta.

Tercera lista: cosas que hemos adquirido en estas cuatro décadas:

1. Tolerancia para con todas las orientaciones sexuales, identidades sexuales y prácticas sexuales, para con casi todas las ideologías, para con todas las formas de vestirse y de desvestirse, para con los gustos más extraños y las costumbres más extravagantes.

2. Incontinencia verbal contra todo lo que nos desagrada, nos ofende o nos martiriza.

3. Personalidad: ya sabemos lo que queremos y, sobre todo, lo que NO queremos y cómo comunicarlo.

4. Desconfianza: ya no ponemos la mano en el fuego por nadie, y eso incluye a nuestros padres, nuestro marido y nosotras mismas.

5. Y, finalmente, también hemos adquirido arrugas, kilos, insomnio y dolores diversos.

Todavía podríamos hacer una última lista (ésta es personal e intransferible). Es una lista con las señales que nos permiten, cuando conocemos a otra mujer de cuarenta, detectar rápidamente si es *de las nuestras.* Hay que someterla, con delicadeza, a un cuestionario tipo:

- ¿Te gustan los ositos de Tous?
- ¿Eres de la Liga Prolactancia Materna?
- ¿Sabes hacer croquetas?
- ¿Te apuntas a bailes de salón?

Con eso tienes suficiente, si se trata de una mujer. Si conoces a un hombre, las cosas se complican. Podemos obtener pistas con preguntas similares a las anteriores, pero SIEMPRE hay que tener en cuenta un elemento extraño: el enamoramiento. Si nuestro cerebro comienza a producir no sé qué sustancia química, podríamos llegar a enamorarnos de un tipo que incorpora a su firma el número que llevaba en la camiseta del equipo de fútbol sala, o de uno que puede tirarse diez minutos hablando del plato de callos que ha comido a mediodía. El amor es así.

Cena «Escarlata O'Hara»

Convoco una cena «Mujercitas» para el jueves, y Vilma y Ana protestan. Dicen que ya va siendo hora de celebrar una cena «Thelma y Louise».

Tienen razón, pero las convenzo rápidamente explicando que Beth me ha pedido que no tire la cuna de las niñas.

Nos acabamos de sentar (aún no hemos pedido las verduras a la plancha –todas hacemos dieta– ni el vino –todas tenemos poca fuerza de voluntad–) y Vilma, con su crueldad habitual, suelta:

–Beth, ya vuelves a tener cara de Doris Day.

La pobre Beth, como si no la conociera, cae en la trampa.

–A mí me gustaban las pelis de Doris Day...

–¿La historia repetitiva de una pánfila rubia y cursi que se pasó la vida persiguiendo al guaperas de Rock Hudson, que al final resultó que era gay?

Intervengo para calmar los ánimos:

–A ver, Beth, ¿por qué no nos cuentas algo más de tu Gerardo?

–... además de que es un jeta descomunal –murmura Vilma.

Ana y yo nos esforzamos por poner esa cara de que te interesa mucho lo que te van a contar, como cuando los maridos describen con todo lujo de detalles el próximo coche que piensan comprarse y ya te adelantan cómo se van a sentir conduciéndolo: como los reyes del mambo. O cuando los niños insisten en hacerte escuchar, con escenificación incluida, el gol por la escuadra que han marcado en el recreo, y que también los ha hecho sentirse como los reyes del mambo, evidentemente.

Conclusión evidente: los hombres evolucionan poco.

Ahora bien, si en vez de niños tenemos niñas, ellas te cuentan con pelos y señales la discusión que han tenido con su mejor amiga, porque le ha contado un secreto antes a otra niña que a ella.

Dos conclusiones:

a) Las mujeres tampoco se puede decir que suframos la metamorfosis de Kafka cuando crecemos.

b) Las niñas acaban dándose cuenta de que la cara de interés que ponemos es falsa y que en realidad no las estamos escuchando, ergo, son más inteligentes que los niños, o más perspicaces o... malpensadas.

Vuelvo a la cena. El vino ha liberado la lengua de Ana, que lleva un cuarto de hora criticando a su marido sin piedad. Las otras tres vamos alternando justificaciones, atenuantes y peticiones de paciencia para Roque que, dicho sea de paso, no se lo merece.

—Tienes que darle un margen de tiempo para que se acostumbre a la nueva situación... ¡es un cambio muy *heavy*!

—¿Me lo vas a contar a mí? ¡Yo he cambiado la antropología por los pañales! Y me parece bien, pero sólo quiero que entienda que él también está implicado, que su vida tampoco puede continuar como antes de tener a los niños...

—Seguro que lo irá entendiendo, mujer...

—¿Tú crees? Esta noche he tenido que pedirle a mi hermana que se viniera a casa porque Roque *todavía no puede quedarse solo con los niños.*

Se produce un silencio elocuente: los gemelos ya tienen siete meses (!).

Como no sabemos qué decir, Beth empieza a contar cómo es el hetero-que-está-a-punto-de-separarse-de-su-mujer.

—Pues Gerardo es... es abogado.

—¡Ya! —Vilma, otra vez. La silencio con un codazo en las costillas.

—¡Sí que lo es! Y también es educado, divertido, sensible... os digo de verdad que me ha tocado el alma.

—Y el clítoris —refunfuña Vilma.

Esta vez le arreo una patada en el tobillo que, probablemente, le agujerea la media. Me dirige una mirada encolerizada, pero se calla.

Pero mira por dónde, Beth nos sorprende, y cuando esperábamos romanticismo, va y suelta:

—Pues sí, señora: me ha tocado el clítoris y todo lo que hay que tocar. En la cama también es fantástico.

—¿Y te dice que te quiere cuando termináis? —pregunta Ana, y soy incapaz de deducir si le está tomando el pelo o va en serio.

—Mujer, ¡no te pases! —contesta Beth entre risas.

—Cuando acaban lo que hacen es levantarse, vestirse y largarse a su casa —dice Vilma, sin que nadie pueda impedirlo.

De repente, Beth se pone seria, muy seria. Y dice:

–Veréis, aunque a veces parezca tonta, no lo soy. Sé que es probable que Gerardo acabe por no separarse de su mujer y que sea tan hijoputa como todos los demás, pero me gusta: me parece atractivo, inteligente y, en el fondo, buena gente, y creo que es el mejor candidato que tengo a mano para ser el padre de mi hijo.

El silencio es impresionante, y supongo que inédito en una cena de cuatro mujeres. Todas entendemos que lo ha dicho en serio y que la decisión está tomada.

Sólo me atrevo a decir:

–Ya sabemos, y comprendemos, que quieres tener un hijo, pero no te precipites...

Beth no me deja terminar:

–¿Que no me precipite? Tengo treinta y siete años y una docena de relaciones fracasadas a mis espaldas... Así que quiero comprar pañales para mi hijo antes de tener que comprarlos para mí.

–¿Piensas comunicarle tus intenciones, a ese pobre chico? –En el cerebro de Ana, el tal Gerardo ha pasado de ser un hijoputa a ser un pobre chico. Sin haber hecho nada, ¡ni siquiera sabe que estamos hablando de él!

Beth vacila. Bebe un trago largo de vino y enciende un cigarrillo.

–Ya lo pensaré mañana –dice, finalmente. Y añade–: Ahora, id terminando, que nos vamos a bailar. ¿No querías una cena «Thelma y Louise»? ¡Pues adelante!

Cuando salimos del restaurante me doy cuenta de que la estabilidad de Beth es muy precaria. Que se tambalea. Que está borracha, vaya. Lo peor es que hemos venido en su coche, pero no estoy segura de cómo encajará, justamente hoy, que le diga que no está en condiciones de conducir.

Cuando ya estamos las cuatro en el coche, se me ocurre una idea genial.

Ella, Beth, con las otras dos en los coros, está cantando –es un decir– *«Follow the leader, leader...»* y el *Aserejé...* e incluso *We are the champions...*

–Ejem... Beth, Beth, bonita, cálmate. ¿Te acuerdas de cómo terminaba *Thelma y Louise*?

De entrada, ni siquiera me oye. Ahora le ha dado por repetir una y otra vez, como si alguien le preguntara: «¡Y yo qué sé si le diré que quiero quedarme preñada! ¡No tengo ni idea!»

–Beth, escúchame, Thelma y Louise acababan despeñando el coche por un barranco...

–Que también es mala suerte –interrumpe Vilma–, por una vez que una peli cuenta una historia de mujeres que se rebelan y pasan de todo...

–¿Mala suerte? No me hagas reír... seguro que los guionistas eran hombres.

Beth sigue con lo suyo:

–¿Que si se lo diré cuando esté embarazada? Antes seguro que no. Pero cuando ya lo esté... ¡yo qué sé! ¡No me presionéis! Ya os lo he dicho: lo pensaré mañana.

Y con esta frase tan cinematográfica deja caer la cabeza encima del volante y se queda frita. Y así fue cómo las cenas «Thelma y Louise» pasaron a llamarse cenas «Escarlata O'Hara».

Le pregunto a Vilma si quiere que compartamos un profesor particular de inglés.

–¿Cuando dices compartir, a qué te refieres exactamente? –pregunta entre risitas.

–Pues que nos dé clases un par de veces por semana y le paguemos a medias. De momento, nada más. Si es suficientemente interesante como para que lo compartamos en otro sentido, ya hablaremos de cómo lo distribuimos.

Vilma está juguetona hoy:

–¿De cómo nos distribuimos su tiempo o su cuerpo? Si es la segunda opción, me pido de cintura para abajo –más risas.

–Qué graciosa estás. Vamos... dime... ¿quieres aprender inglés, sí o no?

–No.

–Pero, mujer, ¡si hoy en día no se puede ir a ningún sitio sin saber inglés!

–Primero: no tengo previsto ir a ninguna parte, ¡qué más quisiera yo! Y segundo: he circulado por el mundo durante cuarenta años sin hablar inglés, así que ¿no te parece que ya llegamos tarde?

Me pongo de mal humor. ¡Llegamos tarde! ¡Llegamos tarde para aprender a hacer saltos de esquí! ¡Pero no para aprender inglés!

–¿No te parece que quizá sería más adecuado que nos apuntáramos a clases de cocina?

Vilma está decididamente dispuesta a tocarme la moral.

–¿De cocina? ¿Pero es que te has vuelto majareta?

–Tú dirás lo que quieras, pero, teniendo en cuenta nuestra edad y nuestras circunstancias, es bastante más probable que podamos aplicar los conocimientos de cocina que los de inglés, lamento decírtelo.

No me rindo.

–Tengo los mínimos conocimientos imprescindibles de cocina para alimentar correctamente a mis hijos.

¡Escuchad la respuesta de mi «amiga»!

–... que no es mucho decir, si tenemos en cuenta que comen en el colegio y que la cena te la resuelven el señor La Sirena, la señora Gallina Blanca y el señor Litoral...

Me indigno:

–¡¡¡Yo nunca he comprado fabada Litoral!!!

–Ay, perdona, es verdad que os han abierto cerca de casa ese establecimiento de comida preparada en el que «hacen unos platos buenísimos»...

–Mira, Vilma, si no quieres aprender inglés, tú misma. Pero yo no pienso apuntarme a clases de cocina. No me hace falta perder toda una tarde haciendo un caldo excelente si el señor Gallina Blanca lo puede hacer por mí. El tiempo es oro, y hay que saber escoger bien en qué invertirlo.

–De acuerdo... pero conste que cuando haya aprendido a cocinar «crujiente de brandada de bacalao» (sabe que la brandada me vuelve loca, la muy guarra), no pienso invitarte. Y, cambiando de tema, ¿no tendrás un casco de astronauta para prestarme?

–Hum... astronauta... No, creo que no. Te puedo ofrecer una tortuga ninja de siete u ocho años, un Peter Pan de cinco o seis y un diablo de bebé.

Ninguno de mis amigos o colegas sin hijos podrían haber entendido este fragmento de conversación. Para empezar, ni siquiera saben que se acerca carnaval. Y no tienen que pasar por el suplicio de: el lunes un calcetín de cada color (la mayor, la pequeña tiene que maquillarse la cara); el martes, la pequeña un sombrero, la mayor una corbata; el miércoles es la pequeña la que tiene que llevar un calcetín de cada color, la mayor tiene que llevar algo relacionado con China (¡!); el jueves... el jueves la pequeña tiene que ir a la guardería en pijama y la mayor tiene que ponerse algo «muy original» en la cabeza. (Aún tenemos suerte: ha optado por un trapo de cocina... su hermano se ponía unos calzoncillos.)

Odio el puto carnaval. No me gustan los disfraces ni las madres que empujan para poder fotografiar a sus niños, ni el desfile callejero con música de samba mientras nos pelamos de frío, y sobre todo me ponen nerviosa los adultos que tienen el humor de disfrazarse y que, además, aprovechan para reivindicar algo de tipo social o político con el disfraz. Me carga llevar a las niñas a la fiesta de disfraces del barrio porque tienen que lucir sus vestidos. Detesto que el grupo de animación pretenda que «los papás y las mamás» también participemos en los bailes.

Y, finalmente, odio que, cuando volvemos a casa de la fiesta de disfraces, con Berta dormida en brazos de su padre –la corona de princesa torcida, el vestido sucio y arrugado–, María, con la camiseta de rayas y el pañuelo en la cabeza, me mire con el ojo que no lleva tapado y me diga: «¡Me he divertido tanto, mamá! ¡Me gusta tanto disfrazarme! ¡Me parece que éste es el día más feliz de mi vida...!» Y sentirme tan asquerosamente culpable por todas las veces que me he cagado en el dichoso carnaval.

Todo esto venía de la conversación con Vilma. Una conversación absolutamente habitual entre mujeres que tienen hijos. Pero ¿os imagináis a su marido, un respetado diputado del Parlament de Catalunya, y al mío, el poderoso directivo de una multinacional, llamándose para saber si uno tiene algún disfraz para prestarle al hijo del otro?

¿Hay alguna razón para que esto sea así? Los hijos, ¿no son suyos, también? ¿Es que no les importa nada que sean los únicos niños que no vayan disfrazados al colegio? ¿Es que nuestro trabajo, el de Vilma y mío, es menos importante, menos honroso que el suyo? ¿Es que nuestro tiempo vale menos que el suyo?

RESPUESTAS:

Pregunta 1: Sí, hay una razón para que sea así, o quizá sería mejor decir que hay mil razones que se podrían resumir en dos (como los mandamientos): los siglos de dominio masculino en nuestro mundo y la asunción femenina de una supuesta superioridad sobrenatural para cuidar a los hijos.

Pregunta 2: Los hijos acostumbran a ser suyos (de nuestros respectivos maridos), a pesar de que no siempre es así y, sobre todo, ellos nunca están seguros al ciento por ciento, a menos que nos convenzan para ir al programa «La hora de la verdad» para sometermos a la prueba del ADN... cosa que, si no es que pierdo el juicio, no tengo previsto hacer, y espero que vosotras tampoco.

Pregunta 3: Honradamente, creo que la mayoría de los maridos lamentarían que sus hijos fueran los únicos no disfrazados del colegio (fijaos que he dicho «lamentarían», no «les quitaría el sueño» o «los haría llorar»). Simplemente, ellos *confían*, mejor dicho, *saben* que de eso nos encargaremos nosotras. Y lo peor es que hacen bien en confiar: nosotras, las madres, no fallamos nunca (aunque se hunda el edificio que hemos diseñado, si somos arquitectas, haya un crac en la Bolsa si somos *brokers*, o dimita el presidente del gobierno si somos periodistas).

Pregunta 4: Sí, nuestro trabajo es menos importante que el de ellos. ¿Que por qué? Pues porque nosotras lo hemos permitido ofreciéndonos para pedir permiso en la oficina la primera vez que el bebé está enfermo y pensamos que *necesitará* a su mamá, y cuando hemos entrado en el despacho del director murmurando que tenemos que salir antes porque hay concierto de villancicos en la escuela, y cuando hemos reconocido, con una sonrisa patética en el rostro, que nuestro compañero X, soltero y sin hijos, a pesar de que está menos preparado que nosotras, tiene más disponibilidad para aceptar el cargo de coordinador y que nosotras *tenemos* que dar prioridad a la familia mientras los críos sean pequeños... Más adelante, quizá...

Pregunta 5: Aquí, por fin, me veo capaz de asegurar que la respuesta es NO.

Nuestro tiempo NO vale menos que el suyo. En realidad, vale el doble, o el triple, porque, como todo el mundo sabe, las mujeres somos capaces de hacer dos o tres cosas a la vez.

La mayoría de síes es abrumadora. Las culpas, por tanto, se reparten. Eso sí, toda esta disquisición no quiere decir que yo prefiriese ir por la vida como lo hacen la mayoría de los hombres: siendo padres a medias, maridos a medias, hijos a medias, hermanos a medias, amigos a medias...

–¿Por qué «a medias»? –Es Juan, parece que lo esté oyendo.

–Pues porque no profundizáis en ninguna de vuestras relaciones personales. Sólo os entregáis plenamente en el trabajo.

–Qué tontería. ¿Es que yo no tengo buena relación con las niñas? ¿Y contigo? ¿Y con mi familia? ¿Y qué tienes que decir de mis amigos?

–Nada, no tengo nada que decir. Y tú tampoco, probablemente... porque sólo los ves cuando coincides con ellos en una fiesta o en el club de tenis, y no sabes si son felices, o están tristes...

–Si les pasa algo, termino por enterarme.

–Sí, ¡como con tu amigo del alma, Max!

–¿Qué pasa con Max?

–Se ha separado, ¿te acuerdas? Lo supe yo porque me lo comentó la hermana de su cuñada...

–¿Y...?

—Pues que tú ni siquiera habías intuido que las cosas no iban bien...

—Lo llamé en seguida y fuimos a jugar a golf.

—¿Y de qué hablasteis?

—De todo y de nada... no sé qué quieres decir.

—¿Hablasteis de la separación?

—No. Lo que necesitaba era distraerse. Hablamos de política y del sector de la telefonía móvil, que parece ser que ahora quiere meterse en eso...

—¿Pero le preguntaste dónde vive ahora? ¿Quién se ha quedado con el piso? ¿Y los niños? ¿Los puede ver tanto como quiere? ¿Mantiene buena relación con su ex?

—No. Si hubiese querido contarme algo en concreto, ya lo habría hecho...

Mis amigas y yo estamos al corriente de nuestras vidas respectivas a un nivel que él, Juan, consideraría demencial (y yo, la mayoría de las veces, cuando no he bebido, también). Yo me sé los nombres de los mejores amigos de sus hijos, ellas recuerdan las manías de mi suegra. Yo sé qué están leyendo y qué ropa se han comprado últimamente. Ellas me preguntan si Berta todavía repite las otitis. Yo me conozco los defectos y las virtudes de sus compañeros de trabajo, ellas... (a esto los hombres lo llaman cotilleo. Y no lo es, no es sólo un cotilleo sin objetivo: se trata de tener el máximo de información para poder criticar con más base).

Cuando una de mis amigas tiene un problema que podríamos considerar serio (ha engordado cinco kilos, se ha peleado con el marido, se le ha estropeado la lavadora, la chica de la limpieza se ha despedido a la francesa), las otras nos damos prisa para encontrar un hueco en nuestro apretadísimo horario y le dedicamos las horas que haga falta, escuchándola, aconsejándola, llorando con ella si es necesario (a eso, los hombres, lo llaman «remover la mierda». Consideran que hablar mucho sobre el tema sólo lo engrandece y que nos envenenamos las unas a las otras, analizando los conflictos hasta ver incluso los aspectos más negativos. Quizá es cierto que al final huele mal...).

El caso es que Vilma se apuntó a clases de cocina y yo a clases de inglés. Y, con el tiempo, ni ella aprendió a cocinar correctamente el crujiente de brandada de bacalao, ni yo acabé de entender las letras de las canciones de Bruce Springsteen.

¿Y...?

El pediatra, el ginecólogo y otros doctores

He llevado a las niñas al pediatra. A María le tocaba la revisión, y Berta, para variar, tiene otitis. Un consejo para cuando estrenéis maternidad (y no voy a cobrar nada, por esta vez): la primera condición que tenéis que valorar para escoger el pediatra de vuestro hijo es que os resulte simpático. Más aún: que entre él y vosotras exista una buena sintonía... si puede ser, auténtico *feeling*. Eso es más importante que su prestigio como médico, que el hecho de que pertenezca a vuestra mutua o cualquier otra tontería. Bueno, también es importante que los asientos de la sala de espera sean cómodos y que acostumbre a actualizar las revistas del corazón todas las semanas.

Tenéis que saber que, durante los primeros años de vida de vuestros hijos, pasaréis muchas horas –y cuando digo muchas quiero decir *muchas*– en la sala de espera del pediatra.

Que tengáis hora asignada no significa nada: siempre tendréis que esperar. Esperar *mucho*. En la ciudad siempre hay epidemias de gripe, o de varicela, o de alguna virasis que nadie sabe exactamente cómo se llama ni qué síntomas da. «Virasis» es la palabra que se utiliza cuando hay dificultades para identificar la enfermedad del niño. Sería como la regla de las mujeres, en el sentido de que es una palabra que justifica todos los síntomas habidos y por haber. Cuando las cosas se ponen feas, los niños tienen una virasis y las mujeres tenemos la regla.

Las salas de espera de los pediatras son, pues, unos lugares terribles, atestados de críos que tienen la cara llena de mocos, o que tosen justo encima de tu bebé recién nacido, y de madres que cuando el energúmeno de su hijo de cuatro años ya se ha subido al mostrador de la entrada y está metiendo el dedo en el ojo de la pobre recepcionista, con una voz muy suave, como si les faltara gasolina, dicen: «¡Saaantiiiii...!» o «¡Soooniiiaa...!», con el mismo tono exactamente con el que lo han dicho las cincuenta y tres veces anteriores. Y tú tienes que reprimir mucho, pero mucho, tu instinto, que te llevaría a levantarte y pegarle un par de bofetadas al niño y media docena a la madre.

Cuando la enfermera ha conseguido arrancarse al mono de encima, la madre lo agarra de la mano y lo arrastra hasta la salita, murmurando con voz de «soy una mamá dulce que nunca le levantaré la voz a mi hijo para que no se traumatice»: «Venga, Santi, ahora nos sentaremos y mamá te leerá un cuento, ¿vale?» Y lo peor es que, cuando se sienta, te dirige *a ti* una mirada de complicidad, ¡como si tu hijo tuviese algo en común con el tal Santi y tú tuvieses algo que ver con ella!

Yo mantengo una expresión impertérrita y la mamá-dulce-que-nunca-levanta-la-voz empieza a leer el cuento con aire de superioridad infinita porque se ha dado cuenta de que yo –¡sacrilegio!– estoy hojeando el *¡Hola!* en vez de introducirme en el fascinante mundo de Teo («que es un niño muy avispado, oh, sí», dice la canción).

Mis niñas, mientras, asumen con resignación que les ha tocado una madre desnaturalizada... no, no: mis hijas se entretienen divinamente mirando el *Lecturas*.

Al cabo de un rato –en el pediatra, un rato quiere decir un par de horas–, la mamá-dulce-que-nunca-levanta-la-voz está tan harta de Teo, tan frenéticamente aburrida, que intenta entablar conversación... *¡conmigo!*

–Hoy llevan mucho retraso...

–Sí, siempre. Otra tarde perdida –digo, esforzándome por ser educada.

–Ay, las mamás, siempre pendientes de estos muñecos...

Vuelvo a hundir la mirada en el *¡Hola!*, incapaz de encontrar una forma de continuar la conversación. Afortunadamente, la enfermera acude en mi salvación: «María y Berta Salvans», llama.

Y justamente entonces es el instante escogido por mi hija María para hacerme una pregunta que nunca antes se le había ocurrido:

–Mamá, ¿por qué Octavio no se llama Salvans de apellido, si es nuestro hermano?

La mamá-dulce-que-nunca-levanta-la-voz nos dirige una mirada de consternación que, rápidamente, se transforma en la expresión: «Claro, ahora lo entiendo todo...»

Y yo, la madre desnaturalizada que mira el *¡Hola!* en vez de leer cuentos y que, además, tiene hijos de padres diferentes, salgo de la salita con toda la dignidad de la que soy capaz mientras fulmino a María con la mirada.

Dentro de la consulta, el pediatra que me espera no es el titular, que está en un congreso en Illinois, según me cuenta su sustituto. Me siento desfallecer. ¿Y si con éste no existe sintonía?

Y, huelga decirlo, NO LA HAY.

–Esta niña tiene el oído derecho fatal –dice, como si me lo recriminara.

–¿Tendremos que darle antibiótico? –pregunto, inocentemente.

–No, no... las mamás de ahora lo queréis resolver todo con antibióticos... –me suelta, con una sonrisa de lo más falsa–. Lo que tiene que hacer esta niña es quedarse unos días en casa, sin ir a la guardería.

Me limito a poner cara de pánico.

–Sí, ya sé que es complicado, para las madres que trabajáis, pero es que los críos van demasiado pronto a la guardería...

–¿Demasiado pronto? ¡Pero si tiene dos años!

–Por eso, por eso, tendrían que poder quedarse en casa hasta el momento de ir al colegio.

–Sí, claro, pero entonces el gobierno tendría que pagarnos un sueldo para poder quedarnos en casa con ellos...

El doctor sustituto asiente con la cabeza, distraídamente, y me dice que, de todas formas, convendría que a Berta la viera un especialista.

–Le puedo recomendar un otorrino infantil muy bueno que visita en Sant Joan Despí.

Sonrío educadamente y digo:

—Uy, no, gracias, nos cae muy lejos... buscaré un otorrino que visite cerca de casa.

El sustituto mueve la cabeza de un lado a otro y dice —¿os lo podéis creer?—:

—Ay, estas mamás, que lo quieren todo tan fácil. Con lo divertido que sería, ¿verdad, niñas?, coger el coche, o el tren, y llegarse a Sant Joan Despí. ¡Como una excursión!

Me quedo muda (y ya sabéis que es difícil). Se me acumulan las cosas que quiero decirle y no soy capaz de ordenarlas. Finalmente, en un tono que no admite réplica, contesto:

—Hombre... cuando te dan hora a las siete de la tarde y tenemos que ir cuando las niñas han salido del colegio, agotadas, y se duermen en el coche y después están llorosas... y te tienen esperando hasta las nueve de la noche, y luego llegas a casa cerca de las once y todavía tienen que cenar y... en fin: ESO NO ES NADA DIVERTIDO. Iré al otorrino que más me convenga, gracias.

Ya os lo he dicho. La buena sintonía con el pediatra es fundamental. Tengo una amiga que un día me confesó que había decidido buscar un amante. Hasta aquí, todo correcto. «Me lo ha recomendado el pediatra», dijo. Yo pensé que realmente necesitaba ya algún remedio: «Querrás decir el psiquiatra.» «¡No, no, el pediatra! —dijo ella—. Lo veo tan a menudo, que nos hemos hecho muy amigos... y el otro día, que le contaba que empiezo a estar deprimida, me decía eso, que a mí lo que me hace falta es tener un amante.»

Otro médico que tiene que resultarte simpático, pero que no puede resultártelo de ninguna de las maneras, es el ginecólogo.

¿Cómo puede caerte bien un tipo que te obliga a abrirte de piernas y te mete mano mientras comenta la actualidad política o el tiempo que hace. Y te va diciendo: «Relájate... flojita... no estés tensa...»?

¿Tensa? Histérica me pongo por no poder responderle: «¿Quieres que te toque los huevos un ratito y mientras comentamos el último libro de Paul Auster?»

Y cuando ya te ha toqueteado bien toqueteada, te ha palpado las tetas sin emocionarse ni un poquitín, y se ha hecho una idea bastante aproximada de tu celulitis, tus estrías, tus varices y tus almorranas, es cuando pone cara de sádico y dice: «Y ahora, acércate, que te vamos a pesar.»

¡Ah, no! ¡Eso no! ¡De ninguna manera! Pero mientras protesto y me rebelo, el sádico ya me ha obligado a subir a la báscula y empieza a mover las pesas de derecha a izquierda, intentando equilibrarlas. Sabe que yo le observo el rostro, y el muy psicópata va poniendo cara de alarma. Yo voy viendo cómo los números pasan delante de mis narices: 64, 65, 66...

Finalmente, el asesino en serie me mira y suelta la sentencia: «Pesas 61,800.»

¡Buf! ¡No está tan mal...! Pero entonces, mientras empiezo a vestirme, él, el torturador, consulta mi ficha y dice: «Has engordado dos kilos y medio desde la última revisión. Tendrás que empezar a vigilar... –Y con una mirada de auténtica perversidad, añade–: Ahora que has cumplido los cuarenta, si no te controlas, puedes llegar a la menopausia hecha una bola.»

¡Dios mío! Cuánto daño se puede hacer con una sola frase: cuarenta, menopausia, bola... Empiezo a marearme y me siento para no montar el numerito. Este cabrón aún disfrutaría viendo cómo me desmayo y me doy de bruces en el suelo.

Salgo de la consulta y comienzo a caminar hacia la farmacia, mientras repaso la lista mentalmente: pastillas de fucus para quitar el hambre, aquel brebaje asqueroso de la alcachofa, crema anticelulítica, parches para combatir la rentención de líquidos... Paso por delante de una pastelería y oigo unas vocecitas que me llaman: «¡Ilia! ¡Ilia!»

Me acerco al escaparate: ¡qué familia! Un *marron glacé*, un par de trufas, un grupo de catanias y un croissant relleno de mazapán. Todos a una: «¡Ilia! ¡Ilia!»

De acuerdo, de acuerdo: tenéis razón. Si mi vida a partir de ahora tiene que ser triste y gris... más vale que me despida como es debido. Entro y me pongo las botas. Mañana empezaré a controlarme. Mañana... mejor el lunes.

Una boda real

Vilma nos ha invitado a su casa para ver la boda de una pareja real europea. Dice que echará a toda la familia y que nos preparará un desayuno hipercalórico. (Tendré que empezar la dieta el lunes de la semana siguiente. Sin falta.)

Me recibe cabreada como una mona. Claudio, su marido, se ha mostrado indignado por el interés que nos despierta el acontecimiento: «¿Eso os interesa a los periodistas? Ya entiendo por qué no dedicáis espacio al Debate de Política General...»

–Mi marido también ha alucinado cuando se lo he dicho –confiesa Ana–. Dice que no es propio de mí y que parece mentira que pierda el tiempo con estas chorradas... Ya le he dicho que desde el punto de vista antropológico...

–Sí, claro, en cambio, cuando ellos se juntan para ver un Barça-Madrid y se hinchan a palomitas, kikos y otras porquerías, y chillan como energúmenos... eso es la mar de interesante y enriquecedor y muy adecuado para su nivel intelectual.

Beth, a medio mojar su ensaimada en el chocolate, chilla:

–¡Ya empiezan a llegar! Mirad, la de Dinamarca, qué pamela tan absolutamente horripilante... y ¿cuántos años cree que tiene para ir luciendo piernas de esa manera?... por no hablar de los zapatos...

Este comentario tan benevolente y ponderado es tan irresistible que abandonamos las disertaciones y tomamos posiciones ante el televisor. Atacamos los minicroissants y el café, los bombones y el cava, y ponemos a punto la máquina de criticar.

–Estoy segura de que eso es un Valentino. Lástima que no le siente bien... no tiene cintura para llevarlo.

–¡Buf! ¡Qué color tan poco favorecedor... parece que esté enferma!

–El vestido está bien diseñado, pero el escote «palabra de honor» no le sienta bien...

Dos horas y dos kilos después:

–¡Chicas! ¡Callaos, que llega la novia!

Y no sé qué pasa, pero nos olvidamos de la princesa y de toda la realeza europea y nos ponemos a recordar nuestras propias bodas que, al fin y al cabo, qué quieres que te diga, resultan mucho más interesantes. Sobre todo porque entre las tres (Beth es virgen... en el tema bodas) tenemos todas las modalidades:

– Bodas tradicionales por la Iglesia, vestido de novia, doscientos invitados, vals con papá, corte-pastel, borrachera del suegro, etc.

– Bodas civiles en el ayuntamiento o en el juzgado, vestidas de calle, sólo la familia más próxima. Lástima de lista de bodas.

– Bodas secretas, sólo los novios, en un juzgado de paz de un pueblecito perdido del Pirineo, cena en el hostal y anuncio posboda.

– Boda de *alto copete*, en el jardín privado de la mansión de los suegros, carpa blanca, catering carísimo, trajes de pingüino a docenas.

– Incluso tenemos una boda hippy –todos tenemos un pasado–, en una ermita románica, vaqueros y camiseta, bocatas en la hierba.

Sólo nos falta una boda-montaje, en Bali, por un rito exótico... Quién sabe, a lo mejor Beth, si se liga a un famosete...

Beth ha estado especialmente callada toda la mañana. La miro y me pregunto si hay alguna explicación para ese silencio, aparte de la ingesta continuada de melindros con chocolate. Mientras la observo, está acabando de tragar una miniensaimada rellena de cabello de ángel, y lo hace con un entusiasmo digno de mejor causa. «Qué extraño que no se controle –pienso–. Siempre es la que está más pendiente del peso –añado–. Creo que nunca la había visto comer con esa fruición», remato. Y después de un brevísimo silencio interior, dentro de mi cerebrito, se enciende una luz pequeña, lejana, pero que crece sin parar. Miro a Beth con más atención. Realizo una simple operación matemática: silencio extraño + ataque de gula nunca visto = ¡¡¡embarazo!!!

Todo esto sucede dentro de mí mientras Beth continúa masticando en silencio y las otras dos todavía están pendientes de la pamela de Rosario Nadal, la pija mallorquina que se casó con Kyril de Bulgaria. «¿Y su cuñada? ¡Has visto cómo le han dejado la nariz?» «Pero ¿quién coño es su cuñada?» «Mujer, Kalina de Bulgaria, la que se casó con ese tan feo que no hace nada en la vida más que jugar a tener aventuras, Kitín no-sé-qué» «¿Kitín?» «Sí, Kitín.»

«Y ¿qué decías de la nariz?» «Pues que a la tal Kalina le han operado la nariz y se la han dejado hecha un cromo.» «¿Ves?, por eso yo no me opero.»

Beth continúa tragando bollitos con jamón, bombones de praliné y galletas de almendra...

—¡Ya llegan! ¡Ya llegan! —chilla Vilma en el mismo tono exacto que lo dice cuando el 5 de enero estamos esperando a los Reyes Magos y ve aparecer la primera carroza.

Y vemos cómo empiezan a desfilar los Reyes, los Borbones, no los Magos. Que si la infanta eso, que si la hermana del Rey aquello... y de repente, aparecen los niños, los nietos de los Reyes, vestidos de pajes, todos tan y tan rubios... Y Beth suelta un pequeño «oh...», y un suspiro, y dice: «¡Qué graciosos!»

La miro de reojo, le veo los ojos llenos de lágrimas. Y no, Beth no es tan monárquica como para emocionarse viendo a los pequeños pajes rubios entrando en la catedral. Por tanto...

—¡Beth! ¡Estás embarazada!

Vilma tiene un ataque de tos y escupe el café con leche que estaba tragando. Ana me mira con cara de alucine. Y Beth... Beth continúa tragando bizcochos mientras contempla la escena de la boda con ojos llorosos. No hay duda: está embarazada.

Me levanto, voy hasta la tele y la apago.

—¡¡¡Eeeehhh!!! —protesta Beth.

Pero Vilma, Ana y yo ya le hemos apartado las bandejas de la comida, nos hemos sentado enfrente de ella y encendemos la lámpara de pie para enfocársela directamente a los ojos.

–¡De acuerdo! ¡De acuerdo! –dice ella sin alterarse–. Hablaré, hablaré.

–¡No hace falta que hables mucho! –dice Vilma, excitada como una fan de Alejandro Sanz en pleno concierto–. Sólo tienes que mover la cabeza. ¿Sí o no?

Y Beth, con una expresión que no podría decir, aunque estuviera amenazada de muerte, si está más cerca de las lágrimas o de la risa, mueve la cabeza. Y dice que sí, que está embarazada.

Hay un segundo –sólo uno, en el sentido estricto de la expresión– de silencio. Y entonces empieza una a chillar, se añade otra, y la tercera, y nos pasamos un buen rato chillando, mientras Beth nos mira, impertérrita. Y luego una se le echa encima y la abraza, y luego otra, y la tercera. Y acabamos las cuatro encima del sofá, hechas un lío, despeinadas, medio desvestidas, arrugadas. Y justo en ese momento, se abre la puerta y aparece el hijo de Vilma. Su cara lo dice todo. Y Vilma lo mira, se coloca bien las tetas, que se le habían salido del top, y dice:

–Esto no es lo que parece, hijo.

Estallamos en risas y volvemos a chillar, maullamos como gatas en celo, aullamos como lobos salvajes, cloqueamos como gallinas ponedoras, soltamos alaridos, gritamos, relinchamos. El chico de Vilma vuelve a cerrar la puerta sin pronunciar palabra.

Noticia bomba

Desde que he cumplido los cuarenta, pasan más cosas y, sobre todo, pasan más de prisa. La prueba es que ya estoy en los cuarenta y medio.

Todavía no me he recuperado de la noticia del embarazo de Beth, cuando Vilma me suelta otra bomba.

Ha sonado la campanilla de aviso de e-mail: «¿Tomamos un café?»

Teniendo en cuenta que de su mesa a la mía hay una distancia aproximada de un metro y medio, siempre le recuerdo que podría dirigirse a mí de viva voz, como en la época de Cromañón, cuando no existía el correo electrónico.

He levantado la mirada y le he respondido: «Dame dos minutos.»

Intento terminar de leer una columna con el sugerente título de «El dilema de las mujeres de cuarenta años: escoger entre la cara y el trasero», cuando vuelve a sonar la dichosa campanilla: «Tendríamos que buscar un lugar discreto.»

Odio a Vilma cuando hace esto. Qué manera más zafia y... eficaz de excitar mi curiosidad.

«¿La máquina del piso de arriba?» «Más discreto.» «¿La cafetería de la esquina?» «Aún más.» «¿El WC?» «Sí.»

Dejo el apasionante artículo de las mujeres de cuarenta años abandonado y me dirijo al baño reprimiendo las ganas de correr. Siempre que Vilma me cita en el baño, tiene un cotilleo importante.

¡Y esta vez también lo tiene, podéis creerme!

–¿A que no sabes quién tiene un lío con el becario de los ojos claros?

El chico lleva una semana en la empresa y hay que reconocer que es una monada: pantalones a medio culo luciendo calzoncillos Calvin Klein, peinado a lo SonGoku, *piercing* en la ceja. ¿Quién puede habérselo ligado? Pienso en Judith, la becaria que ya lleva tiempo con nosotros y que tiene un nivel de inteligencia parecido al del hámster de Octavio. Sólo de pensar que ese chico tan atractivo se haya dejado convencer por ese ombligo con *piercing* que anda se me endurece la barriga. (Hay que decir que eso de endurecerse la barriga, desde que tengo los cuarenta, me sucede muy a menudo; de repente, noto un peso en los ovarios, me hincho como un globo y...) Volvamos al tema:

–¿La poca-sustancia de Judith? –pregunto, indignada.

Vilma sonríe y calla. Le dirijo una mirada fulminante, conminándola a hablar en seguida. Continúa callando. Y todavía sonríe más.

–¡Habla! –le exijo, levantando la voz.

–¡Chiiis!

–Ni chis ni nada. ¿Quién es?

Y la muy cerda sigue delante de mí como una boba, callada y sonriente. Y entonces lo entiendo.

–¡Pero Vilma...!

–¿Quéee? – se pone a la defensiva.

–¿Quée? Que los pantalones que llevas tienen más años que él.

–¡No es cierto! Si me los compré el año pasado para la boda de mi hermana, que los llevaba con esa blusa de seda natural...

Le atizo en el brazo para que se calle.

–¡Ay!

–¡Estás como una cabra! Como una puta cabra, para ser más exactos. ¿Puedes darme algún argumento convincente para cometer esa tontería?

–Pues sí... más de uno: tiene un culito duro como una piedra, me he quitado veinte años de encima y mi marido se lo ha buscado porque hace años que me ignora en todos los terrenos.

No sabría decir cuál de los argumentos me ha convencido más (pensad que su marido se hace el gracioso diciendo que las mujeres son «maquinillas de regañar». No puede darme pena). Aun así, lo intento:

–Podrías ser su madre –le suelto, en una exhibición de originalidad.

–Sí, si jugamos a papás y a mamás...

–¡No quiero oír nada más!

–¿De verdad?

–¡Claro que no! ¡Quiero saberlo todo! ¡Inmediatamente!

Al cabo de un rato, cuando ya estamos en la redacción, aparece el famoso becario, de nombre Pablo, alias *Brad-Pitt-en-Thelma y Louise*. Se acerca a la mesa de Vilma con una sonrisa que podría descongelar los glaciares del Polo Norte en un segundo, y dice, en un tono desganado:

–¿Tenéis el periódico de hoy por aquí?

Vilma se abalanza encima del periódico que hay sobre mi mesa y se lo pasa a su chico, con una mueca de adolescente seductora y una caída de ojos que me pone enferma. El chico empieza a pasar las páginas a toda velocidad.

–¿Qué buscas? –pregunto, porque me está poniendo tan nerviosa el mariposeo de Vilma a su alrededor que la barriga se me vuelve a endurecer.

–Busco la programación de la tele. Quiero saber a qué hora retransmiten la sesión del Parlament.

Por un momento reconozco que me enternezco. ¿Este niño, nacido cuando los socialistas ya estaban hartos de poder (los socialistas de Felipe González, quiero decir, no os confundáis), está interesado en seguir la sesión del Parlament de Catalunya que TV3 da en directo haciendo gala de su valentía a la hora de encajar los próximos índices de audiencia? Pero, de repente, oigo la risita de Vilma y Pablo dice:

–Empieza a las cuatro y... a ver... está previsto que dure hasta las nueve de la noche. ¡No está mal! Son cinco horitas que...

Vilma se licua literalmente delante de mis ojos, el chico se va y nos muestra una vez más los calzoncillos, y yo los imagino follando como locos en el sofá de Vilma, con la tele encendida, y partiéndose de risa cuando Claudio sale a la tribuna a defender la proposición no de ley para favorecer la protección de las cigüeñas de pico oscuro y ala corta en el delta del Ebro.

Llamo a Beth. Me tiene preocupada porque sé que hoy le hacían la segunda ecografía. Es probable que puedan decirle ya el sexo de la criatura, y estoy segura de que, en ese momento, la realidad le soltará un cachete para despertarla, y se dará cuenta de que lleva un bebé en la barriga y que tendrá que criarlo sola... y se dejará llevar por el pánico.

La noto más feliz que nunca. Se encuentra de maravilla, ya se ha comprado un sujetador de una talla más, se pasa los mediodías en Ikea y duerme como un lirón ocho horas seguidas. Ni rastro de pánico. ¡Benditas hormonas!

–Y di: ¿niño o niña?

–No se veía bien, ¡pero seguro que es una niña, porque se ha puesto de culo...!

Me comenta que ya tiene casi decidido el nombre de la criatura. Me preparo para lo peor:

–Julieta, si es niña. Romeo, si es niño.

Como es obvio, la maternidad en solitario no le ha restado ni un gramo de su proverbial romanticismo.

Entonces respiro hondo, me armo de valor y le suelto:

–¿Y el apellido, ya has pensado cuál será?

Es un golpe bajo. Beth tarda unos segundos en responder, pero cuando lo hace, la voz no le tiembla nada:

–Se llamará como su madre, ¿cómo quieres que se llame?

Decido dar el tema por cerrado. Buscando desesperadamente una pregunta que pueda aligerar el clima, le digo:

–¿Y qué? ¿Ya has empezado a repasar los cuentos infantiles?

–¿Repasar? Perdona –me dice, muy ofendida–, no soy *tan vieja*. Los recuerdo perfectamente.

–¿Seguro? –insisto yo, para provocarla–. Ya verás cuando lo intentes... te harás un lío y le contarás a la pobre Julieta que la Bella Durmiente se convirtió en calabaza, que los Siete Enanitos enseñaban la patita enharinada para entrar en casa, o que la abuelita de Caperucita le preguntaba al espejo quién era la más guapa.

–El cuento que le contaré más a menudo, para que tome nota, es el de la Ratita Presumida. Es más realista: ni príncipes azules, ni besos que resucitan, ni zapatos de cristal. Que tenga claro que lo que le espera es trabajar toda su vida y que, si tiene la suerte de encontrar una moneda, que no se lo gaste en Corporación Dermoestética con la patética intención de pescar marido porque, después de aguantar a un montón de candidatos, cuando le parezca que ha encontrado el que vale la pena, se la zampará enterita, sin contemplaciones. ¿Te parece que lo recuerdo bien?

–¿Lo dices por alguien en concreto? –le pregunto, temiendo lo peor.

–Sí, lo digo por Gerardo, que anteayer me comunicó que su mujer está embarazada y que ha cambiado de idea respecto a la separación.

Respiro profundamente antes de preguntarle:

–¿Se lo dijiste?

–¿Que si le dije qué? No. De mi hijo no le hablé. Lo que sí le dije fue que probablemente el que esperaba su mujer no era suyo, porque, según él, llevaban muchos meses sin dormir juntos.

No tengo nada que decir, y ella, Beth, retoma la conversación de Ikea para contarme que ha comprado una habitación de color azul que es una pasada y que las paredes las pintará de amarillo pálido...

Despachando con el marido

Hoy, al arrancar la página del mes de abril del calendario –Dios mío, dentro de cuatro días ya empezará el calor– lo he contado: hace exactamente tres semanas, veintiún días, que Octavio no me dirige la palabra. La verdad es –para qué nos vamos a engañar– que los primeros siete días lo agradecí. Al fin y al cabo, de cada diez palabras que me dirigía, cinco eran ofensivas, dos sarcásticas y dos no las entendía (¿sabéis cómo vocaliza un adolescente?). La palabra que queda para las diez era algo similar a «grrr», que ya he aprendido que, según el caso, quiere decir: «hola», «adiós» o «déjame en paz».

La segunda semana de incomunicación absoluta empezó a provocarme un ligero desasosiego, y la tercera me ha puesto histérica. Ni siquiera puedo recordar por qué dejó de dirigirme la palabra. Probablemente tuve la osadía de besarlo delante de algún ser vivo –incluido el canario–, o bien cometí la imprudencia de practicar espeleología debajo de su cama, e incluso es posible que le recriminase lo que encontré: un envase de yogur mohoso, dos calzoncillos y la GameBoy que dio por perdida hace medio año.

El caso es que he decidido llamar al instituto y pedir hora a su tutor. Sin ninguna clase de fe, es cierto, pero que no sea dicho que no sigo al pie de la letra el manual de la madre de adolescente.

El tutor es un tal Lechugino. Sí, sí, se llama así de verdad. Ése es su verdadero apellido. ¿Verdad que parece increíble?

–Diga.

No se puede decir que el tono invite a la confianza, francamente. Más bien es un imperativo. «Debe de ser un mecanismo de defensa para advertir que su carácter no se corresponde con el apellido», he pensado.

–Soy la madre de Octavio Busquets, de segundo de ESO.

–Sí.

–Me gustaría hablar contigo... era para ver cuándo podrías recibirme.

–¿Para qué?

–¿?

–Quiero decir que qué le pasa, al chico.

–Pues que está muy rebelde, siempre de mal humor...

–¿Qué más?

–Hace tres semanas que no me dirige la palabra.

–¿Y qué más?

–¿?

–Quiero decir si tienes sospechas de anorexia o de bulimia, de ludopatía o de alguna clase de adicción: éxtasis, videojuegos, alcohol...

–¡Pues no! ¡Creo que no!

–Oye, entonces no sufras. Me parece que no hace falta que nos veamos. Ya se le pasará. La adolescencia es así.

–Pero...

–Hasta pronto. Y si necesitas algo... ya sabes.

Tu-tu-tu-tu.

Me siento terriblemente reconfortada. Tengo un hijo modélico. Cuando llego a casa por la tarde, voy directamente a buscarlo (lo encuentro donde siempre, tirado en el sofá, tan incorporado al paisaje como la lámpara o la mesita de centro). Me acerco y lo beso en la frente, sin darle tiempo a esquivar el contacto. Levanta la mirada y me dice:

–Si vuelves a hacer eso, me voy a vivir con papá.

–Ya puedes empezar con la maleta –le contesto.

Y me quedo tan ancha.

Octavio guarda silencio unos segundos, estupefacto. Después se incorpora un poco –un poco, solamente– y suelta una risotada:

–Me parece que tendré que buscar otra amenaza. Ésta ya no cuela.

Y tiene razón: él y yo sabemos que antes de vivir con Isaías se metería a monje budista.

Nuestra reconciliación es un hecho. No ha habido disculpas ni abrazos, pero al pasar cerca de mí en dirección a la cocina, al cabo de un rato, Octavio me clava el codo en las costillas, en un gesto inequívocamente afectuoso.

El codazo, que seguro que me va a dejar un morado de recuerdo, me provoca la misma ternura que las pataditas que me arreaba cuando lo llevaba en mi barriga.

El estridente timbre del teléfono interrumpe mis dulces sentimientos maternales:

–¿Cecilia?

–Hola, mamá.

(Me quito la máscara de sufrida madre de adolescente y me pongo la de abnegada hija de madre hipocondríaca.)

–¿Es que no quieres saber lo que me ha dicho el médico?

–Sí, claro que sí, mamá... ahora mismo iba a llamarte.

–Sí, seguro... Estoy fastidiada, hija.

–No me asustes. ¿Qué te pasa?

–¿Que qué me pasa? Las piernas no me sostienen, la cabeza me da vueltas cuando me levanto por la mañana, y si como algo picante, en seguida me lo noto en el estómago...

–Mamá, es que tienes setenta y cinco años...

–Ah, claro, y ya me puedo morir, quieres decir...

–No he dicho eso. Quiero decir que es normal que tengas alguna cosilla.

–No, si no quiero que me compadezcas. Pero el médico dice que tengo artrosis de vieja.

–¡...!

–Y que tengo que echarle paciencia...

–¿Y papá? ¿Qué tal?

–¿Tu padre? ¡Tu padre bien, como siempre!

–Iré a veros este domingo, ¿de acuerdo?

–Muy bien, hija. Adiós.

–Nosotros estamos todos bien.

–Ah, claro, no lo dudo. ¡Vosotros sí que...!

Cuelgo el teléfono y llega Juan. Me quito de prisa la máscara de hija irritada y me pongo la de esposa afectuosa.

—¡Hola! ¿Ya duermen, las niñas?

—Acabo de acostarlas, pero María todavía debe de estar despierta. Ve a darle un beso.

Le pongo la cena en la mesa mientras va a la habitación de las niñas. Espero pacientemente mientras la verdura se enfría. La caliento en el microondas. La saco. No viene. La vuelvo a meter. Finalmente, nos sentamos a la mesa.

—¿A la pequeña todavía le duele el oído?

—Ya no le supura... aún le quedan dos días de antibiótico.

—¿Y Octavio?

—Tiene entreno. Hoy nos hemos reconciliado.

—¿Ah, sí?

—No ha hecho falta que vaya a hablar con el tutor.

(Me da una pereza insuperable contarle el episodio del profesor Lechugino. Se lo ahorro.)

—¿Has llevado la americana al tinte? La necesito para el viernes.

—Sí. ¿Y tú? ¿Has pedido hora para la ITV?

—Joder, no. Mañana sin falta.

—De acuerdo. Por cierto, mañana tengo una cena. ¿Llegarás temprano?

—No lo sé. Mejor que pidas canguro, ¿no?

—De acuerdo. ¿Y el trabajo? ¿Cómo va?

—Bien. El jefe me ha felicitado por el informe.

—Mmm. Qué bien.

—¿Ha llamado alguien?

—Mi madre. Pesada como siempre. Y la tuya: que si vamos a ir el domingo a comer. Y los Matilla, que si queremos ir al cine el sábado.

—Tú misma... ¿Algo más?

—No, hemos despachado bastante rápido... ¿Qué vas a hacer? ¿Quieres ver la televisión?

—No, estoy muerto. Voy a leer un poco y a dormir.

Berta chilla en la habitación.

—Debe de tener pesadillas...

Camino por el pasillo; fuera la máscara de esposa-socia, me pongo la máscara de madre amantísima y acaricio a mi pequeña, que se me agarra como un chimpancé.

La acuno un ratito. No salgo de la habitación hasta que se ha dormido. Mientras me lavo los dientes y me pongo el pijama, pienso en la reunión que tengo mañana por la mañana a primera hora. Tomo un par de notas (fuera la máscara de madre protectora, me pongo la de periodista que nunca descansa).

—Buenas noches, Juan.

—Grrr...

Hay novedades

Me llama mi cuñada, la hermana mayor de Juan, Pepa. («Sí, chica», y cuando lo dice ella suena *pijo.*)

–Ilia, bonita... te llamo porque... mamá me ha dicho que te llame...

Tiemblo. Las mentes de mi suegra y de mi cuñada unidas son más temibles que los guionistas de «La casa de tu vida».

–Resulta que Geo –Geo, Georgina, es su hija adolescente– nos tiene preocupados.

¿Preocupados? ¡Qué eufemismo! Los tiene desquiciados. Imaginad a Ana Botella si le saliese un hijo como Eminem. Pues eso.

–Se pasa el día encerrada en la habitación sin hacer nada –sí que debe de hacer alguna cosa, pienso, pero todas ilegales–. Y mamá me decía que quizá podría hacerles de canguro a tus hijas... y así ganaría un dinerito y se sentiría útil... y como parece que contigo se lleva razonablemente bien...

«Sí, claro, ¡como las dos somos raritas!» Es lo que me gustaría contestarle. Qué cara. En esta familia no cuento para nada, pero cuando hay un problema, todos tienen la cara dura de llamarme y enchufármelo. Pero el caso es que Geo me cae bien y la compadezco, con esa madre, y ese padre, y esa abuela...

–No es mala idea –digo, haciéndome la simpática y puedo oír

el suspiro de alivio de mi cuñada–. ¿Por qué no le dices que me llame y nos ponemos de acuerdo?

–Oh, es mejor que crea que tú has tenido la idea. ¿La puedes llamar esta noche?

–¡Claro! Ya la llamaré.

–Pues, entonces hasta luego... y gracias.

Ah, qué pequeña satisfacción: mi cuñada, la fantástica Pepa Salvans, dándome las gracias por haberle hecho un favor. La vida, a veces, te reserva algunas compensaciones...

Por la noche, llamo a Georgina. Le digo que la canguro que llevaba a Berta y a María al colegio me ha dejado tirada (y en eso no miento), y que me ayudaría un montón si ella pudiese hacerse cargo. Le ofrezco una paga sustanciosa que ha decidido –y aportará– su tío Juan. Después de todo, ayudar a mi cuñada habrá resultado un buen negocio: me puedo levantar media hora más tarde todas las mañanas y no llego estresada al trabajo.

Georgina dice que sí sin entusiasmo y quedamos para el día siguiente. Cuando les cuento a las niñas que su prima Geo las llevará al cole porque «a partir de ahora mamá tiene que llegar más temprano a la redacción», no se disgustan en absoluto. «Lamento no poder acompañaros, pero...», María no me deja terminar: «No sufras, mamá, nos lo pasaremos muy bien con Georgina.» La pequeña Berta, con su lengua de trapo, aplaude y grita: «¡Ge-ni-na! ¡Ge-ni-na!»

La verdad es que no hacía falta que demostraran tanta alegría por perderme de vista...

Al día siguiente, a las ocho en punto de la mañana, Georgina llama a la puerta. Que llegue puntual el primer día es una buena señal (en ese momento, todavía no sé que ése es el único día en todo lo que queda de curso que llegará antes de las ocho y cuarto).

Geo tiene diecisiete años. Es rubia natural, como su madre, su abuela y toda la puñetera familia Salvans, pero ya hace un año que decidió teñirse la melena de un negro-negro, como el betún de los zapatos. Fue el primer «gran disgusto» de mi cuñada. Después fue el collar con pinchos, la camiseta rasgada –negra, por supuesto–, las cadenas en las caderas, el maquillaje siniestro, el tatuaje en el tobillo y, finalmente, el *piercing* en la ceja. Con cada nuevo elemento en la indumentaria de su hija, Pepa perdía un kilo (la muy guarra).

María y Berta saludan a su prima con risas y gritos y, por un instante, la expresión de Georgina se enternece. «Todo saldrá bien», pienso, para darme ánimos.

–Pasa, Geo, ven a la cocina. Te enseñaré cómo se prepara el bibe para Berta y la leche con cola-cao para María. ¿Y tú? ¿Quieres un café con leche?

–Mejor un carajillo de coñac, gracias.

¿Un carajillo? ¿A las ocho de la mañana? ¿Y ahora qué se supone que debo hacer?

–Uf... coñac... no creo que tenga.

–¿Anís?

–Tampoco. Lo siento.

–Pues un café solo.

Respiro. Todo va bien: las niñas beben su leche y Geo su café.

–¿Queréis galletas? –pregunto, solícita.

Geo me mira con una sonrisa y niega con la cabeza:

–Gracias, Ilia, pero todavía no puedo comer. Tengo que esperar un par de días...

–¿Qué quieres decir? –pregunto, temiendo una anorexia galopante.

Por toda respuesta, la chica abre la boca y saca la lengua. María suelta un chillido:

–¡Hay un clavo, mamá! ¡Geo tiene un clavo en la lengua!

Otro kilo menos para mi cuñada. Haciendo un esfuerzo de autocontrol, consigo mantener una expresión inalterable.

–Ah, te has puesto otro *piercing*... –digo, como si fuese la cosa más natural del mundo–. ¿Y no es incómodo?

–Depende de para qué. Para comer, un poco, claro, pero los morreos son mucho más entretenidos.

Cuelgo el bolso en mi hombro y me voy, ignorando la voz de María, que pregunta: «¿Qué son morreos?»

En el trabajo me espera un mail de Ana. Me propone una cita, sin más explicaciones, y no tardo ni un minuto en llamarla. Sé que está en temporada baja y hace días que espero que explote.

La llamo e intentamos mantener una conversación coherente entre los chillidos de sus bebés. Ella continúa hablando, imperturbable, salpicando la conversación de: «Calla, bonito, no grites, ahora te quito el perro de encima» y «cuidado, cuidado, no metas los dedos ahí, que te los vas a pillar». Me pongo tan nerviosa que al final le digo que la invito a cenar para charlar más tranquilamente.

–¿Qué día podrá quedarse Roque con los niños?

–Hoy.

–¿Hoy? ¿Estás segura?

–Sí, totalmente. ¿Quedamos a las nueve y media?

–Sí, de acuerdo.

Algo en su tono de voz me ha puesto en guardia. Sobre todo cuando ha pronunciado ese «totalmente», con el mismo convencimiento que debió de mostrar Tita Cervera el día que embaucó al barón Thyssen.

Por la noche, Ana me dice que quiere separarse.

–Pero ¿cómo? ¿Cuándo? ¿Por qué?

Mi amiga me recuerda que ella jamás tuvo la necesidad imperiosa de ser madre (es cierto, aún puedo recordar cuando teníamos veinte años y la única degenerada que ya hablaba de tener hijos era Beth).

Ana me recuerda también que ella estaba muy satisfecha con su vida, que la antropología era su pasión, y que no notaba ningún vacío en su existencia por el hecho de no ser madre.

Asegura que fue Roque quien la convenció de intentar tener hijos, que le dijo que para él ser padre era una cuestión de vital importancia, que siempre había querido tener esa experiencia, que consideraba que su matrimonio estaba incompleto si no tenían hijos. Y comenzó el lento y pesadísimo proceso de visitas al ginecólogo, pruebas, pastillas, polvos programados, temperaturas basales, laparoscopias, hasta llegar a los dolorosos y carísimos intentos de fertilización in vitro, las semanas de reposo, el sentimiento de fracaso cada vez que le bajaba la regla y... finalmente, el embarazo de los gemelos, que la obligó a pasar prácticamente ocho meses en cama. Después, el nacimiento: los veinte kilos de más, las noches en blanco, la desconexión del trabajo.

Y ahora, es decir, desde el mismo momento en que los gemelos llegaron, Roque manifestaba una indiferencia casi total por la maravillosa e imprescindible experiencia de la paternidad. Los lloros en estéreo lo angustiaban, no tenía paciencia con los biberones, los vómitos le daban asco, e insistía en que no podía pasar más de una semana sin salir «si no quieres que me vuelva loco». Me confiesa que la segunda noche en casa, recién llegados del hospital, Roque salió para tomar una copa con un amigo y regresó a las tres, y que ha ido repitiendo esa demostración de caradura durante todos estos meses.

–Quizá, con el tiempo, cuando los niños crezcan un poco –le digo a Ana, reconozco que sin el menor convencimiento porque ella me está descubriendo a un hombre que desconozco.

–Le he dado tiempo –dice Ana–. Han pasado ocho meses, y mis hijos son una pasada, unos bebés sanos y preciosos que harían feliz a cualquier padre mínimamente sensible. Roque ha perdido su oportunidad.

Tiene más razón que un santo (¿o que una santa? ¿Por qué lo decimos siempre en masculino, si la mayoría de las veces la santa es ella?). Insisto, tiene toda la razón del mundo, con mi natural tendencia al catastrofismo, no puedo evitar pensar en lo duro que va a ser criar sola a los niños y mantenerse profesionalmente activa al mismo tiempo, y qué triste va a ser pasar las horas en urgencias sin un corazón tan angustiado como el tuyo a tu lado cuando uno de los críos tenga una fiebre alta. Antes de que Ana pueda intuir lo que estoy pensando, ya me he dado cuenta yo solita de que ella, casada con Roque, criaría a sus hijos sola igualmente, y que Roque no es el mejor compañero para soportar una noche en urgencias (seguro que acabaría ingresando él).

Evidentemente, no le comento nada de todo eso a Ana. Sólo le ofrezco mi ayuda y, con el tono más optimista que puedo, le aseguro que ha tomado la decisión correcta y que todo saldrá bien, como si yo fuese Michelle Pfeiffer y ella Julia Roberts (no, ni hablar, Julia Roberts es demasiado joven: ella, Susan Sarandon, en un telefilme norteamericano).

Entonces suena el móvil. Es Vilma, le digo a Ana, que abre un paquete de kleenex.

–¡Hola! Estoy con Ana.

–...

–¿Vilma? ¿Qué te pasa? ¿Me oyes?

–... Sí, sí. Es que... ¿dónde estáis?

–En el japonés, terminando de cenar.

–¿Me esperáis? Os recojo y vamos a tomar una caipirinha, ¿de acuerdo?

–Muy bien, de acuerdo... Ana tiene novedades.

–¿Ah, sí? ¡Yo también!

Y cuelga sin decir ni pío, la muy puta. Me temo lo peor. Llamo a Beth.

—¿Estabas acostada?

—Sí, pero no importa, ¿qué pasa?

—Vístete, que pasamos a recogerte. Vamos al Born.

—¿Ahora? ¿Por qué? ¿Qué pasa?

—Tengo el presentimiento de que lamentarías perderte esta velada.

—De acuerdo, de acuerdo. Dadme veinte minutos...

—Hasta ahora mismo.

Vilma aparece con una sonrisa enigmática que me pone los pelos de punta. Beth, con los ojos hinchados y la barriguita que empieza a notarse. Ana también tiene los ojos hinchados de haber llorado. Yo oscilo entre la expresión de pánico y la carcajada histérica. Somos un panorama.

Sentadas en el Miramelindo, se acerca el camarero y Ana, que todavía hace pucheros, le pide cuatro caipirinhas.

—¡Tres! —rectifica Beth, señalando su barriguita. Y pide una tónica.

—¡Dos! —oigo la voz de Vilma a mi lado y me quedo tan petrificada que no puedo ni dirigirle la mirada para ver su cara.

La oigo pedir una limonada en medio del silencio. Es tan extraño un silencio entre nosotras cuatro, que su voz ha resonado como si, en vez de estar en el Miramelindo, estuviéramos las cuatro en el interior de Santa María del Mar.

La valiente, en esta ocasión, es Ana, que sale de su propia conmoción para preguntarle:

–¿No quieres una caipirinha?

Y Vilma responde exactamente lo que yo temía:

–Yo tampoco puedo beber alcohol.

Beth coge aire y pregunta:

–Tú ¿tampoco? Y ¿por qué? Si puede saberse...

Aquí, sí, aquí miro a Vilma porque por nada del mundo querría perderme su cara cuando contesta:

–Porque también estoy embarazada.

¡Cómo le gusta soltar estas bombas de destrucción masiva! Ana y Beth empiezan a chillar y a llenarla de besos y abrazos, mientras yo no consigo ni siquiera proporcionar movimiento a mis párpados. Estas dos ingenuas no saben lo que yo sé. No tienen ni idea de la aventura de Vilma con el becario del culito duro. De lejos, oigo sus voces:

–¿Y Claudio, qué dice? ¿Está contento?

–Claudio... está eufórico. Dice que un embarazo le asegura montañas de votos y que quiere que lo acompañe luciendo barriga durante la campaña electoral.

–¿Eso ha dicho? –le pregunto a Vilma, mirándola directamente a los ojos.

–Sí, exactamente eso.

Pienso que todos tenemos lo que nos merecemos. Me sacudo los escrúpulos y abrazo a Vilma, que parece realmente muy feliz.

La vista cansada y otros obsequios de los cuarenta

Como llevaba muchos días con dolor de cabeza, he ido a revisarme la vista. El óptico me ha preguntado en qué momento he notado que ya no veía tan bien como antes. En realidad, nunca he tenido buena vista. Hasta ahora, el problema era que no veía la rayita de la báscula cuando me pesaba. Pero ¿tengo que decirle que, en realidad, prefiero no verla?

Si hubiese sido una chica, seguro que se lo habría dicho, para hacerme la graciosa. Pero era un chico, y jovencísimo, que me había tratado de usted...

–Hasta ahora no veía muy bien de lejos, pero ahora tampoco veo de cerca... y muchos días acabo con dolor de cabeza, y he pensado que quizá... me paso tantas horas delante del ordenador...

Me ha invitado a pasar a un cuartito al fondo de la óptica, donde tienen aquellos pósters llenos de letras y te ponen esas *gafas* que te hacen sentir tan y tan atractiva.

ÉL: A ver, la primera línea. ¿Qué letras tiene?

YO: (Con una seguridad rotunda) B, F, R, A y T.

ÉL: ¡Correcto! (parece un concurso de la tele).

YO: ¿He ganado un coche?

ÉL: Je, je. A ver, vamos a por la segunda.

YO: (Con la misma, o casi la misma seguridad) E, N, G, X y... C. ¿Correcto?

ÉL: ¡Correcto! ¡Muy bien!

(Ahora parece una maestra de parvulario dándole ánimos a una niña que aprende a leer.)

ÉL: Venga, tercera línea.

YO: Hum... ¿Una M? (¿Adónde ha ido a parar mi seguridad?) ¿Una J?

ÉL: No, es una L.

YO: ¿Una L? ¿Estás seguro?

ÉL: Continuemos (se han acabado los entusiasmos).

YO: Pues... hay una C...

ÉL: No, es una O. ¿Y la línea de abajo?

Son ganas de ponerme en evidencia. Si no veo la tercera línea, ¿cómo quiere que vea esas letras como pulgas de la cuarta?

En la cuarta línea no acierto ni una. (Ooooooooooooohhh... ha perdido... ¡un apartamento en Torrevieja, Alicante!)

El chico empieza a colocar cristales en esas gafas horripilantes que llevo puestas. ¿Ahora mejor? ¿O mejor ahora? (Por cierto: los hombres deberían preguntar eso siempre.)

Después del suplicio, el chaval me mira compasivamente y dice:

–Tiene la vista cansada.

YO: ¿Vista cansada? Pero eso...

ÉL: Eso... es muy habitual que aparezca a partir de los cuarenta años.

YO: ¡Estúpido!

(¡No lo digo! ¡No lo digo! Pero me gustaría.)

No sé por qué, pienso en mi suegra: ¿la maravillosa Regina también tiene la vista cansada?

Con voz inocente, pregunto:

–Perdona... ¿has dicho que todo el mundo tiene la vista cansada a partir de los cuarenta?

El chico vuelve a observarme con compasión:

–Prácticamente. Casi nadie se escapa.

No se puede imaginar el daño que me hace ese *casi*. Y entonces va el psicópata, quiero decir, el óptico, y añade:

–Tendría que hacerse una revisión dentro de seis meses. Es muy probable que le aumente significativamente en los próximos años.

–Ah, ya me lo apunto... mira, aquí, en la lista de «revisiones» y «puestas a punto»: limpieza de cutis, mamografía, ejercicios espirituales, permanente de pestañas, ¡vista cansada!

Cuando se cierra la puerta de la óptica, el chico todavía no ha cerrado la boca. No hay duda de que una de las ventajas de cumplir los cuarenta es la incontinencia verbal. Tenéis que probar eso de decir todo lo que se os pasa por la cabeza y veréis qué efecto terapéutico tiene para rebajar los índices de ansiedad.

Llego tarde al trabajo. En la redacción no hay ni una alma. Mierda. Eso quiere decir que ya ha empezado el consejo de redacción. Abro precipitadamente la puerta de la sala de reuniones y... un tapón de cava pasa rozándome un ojo.

–¡Caramba! ¿Qué celebramos? ¿Hemos triplicado las ventas con la portada de George Clooney?

–Pasa, Ilia, ¿sabes qué día es hoy?

–10 de mayo, ¿no?

–Toma un poco de cava... ¡es mi cumpleaños!

Es Olivia. ¿La recordáis? Redactora de moda y tendencias: un *lifting*, dos lipos, implantación de pómulos, corrección de la nariz, colágeno a mansalva...

Como soy de buena familia, agradezco con una sonrisa la copa que me ofrece mientras la felicito. Bebo un sorbo de cava y, de repente, un ejército de burbujas vestidas de dorado empiezan a empujar y a empujar, entre risas y gritos: «¡Pregúntaselo!, ¡pregúntaselo!», chillan.

No puedo resistirme:

–Y entonces ¿cuántos cumples, Olivia?

¿Sabéis los instantes antes de que el *Titanic* chocara contra el iceberg? Pues la tensión en la sala era similar (lástima que no estuviese Leo, Leonardo DiCaprio, quiero decir, gritando eso de «¡Soy el rey del muuuuundooooo!», porque mira que estaba guapo).

Todo el mundo se calla. Y me miran. Y miran a Olivia. Y vuelven a mirarme a mí. Y entonces ella dice:

–Cumplo cuarenta y dos. ¿A que estoy estupenda?

Y yo digo:

–¡Y una mierda!

El *Titanic* se la ha pegado contra el bloque de hielo. La gente corre y grita, hay momentos de pánico, y los músicos continúan tocando *Cumpleaños feliz*... Mientras el barco empieza a hacer aguas, Olivia se ha ido acercando a mí. ¿Me va a pegar? ¿Me escupirá? ¿Y si pruebo a echarle sentido del humor?

–Joder, Olivia... es verdad: yo todos los años tengo uno más y tú todos los años tienes menos... ¡Ahora ya nos llevamos sólo dos!

Olivia está a un palmo de mi cara. Me mira a los ojos, y le detecto con claridad las patas de gallo, a pesar del lifting. Se me acerca todavía más y dice:

–Claro, monada. Porque todos los años que yo me quito ¡los vas recogiendo tú!

De repente me echo a reír. Olivia se desconcierta (sabe que no puedo ni verla).

–¿Qué pasa? Cuando eres graciosa, eres graciosa –digo, mientras le guiño el ojo a Vilma.

Tengo cuarenta años, a punto de cumplir cuarenta y uno. Sí. Es así, y eso no hay quien lo cambie.

Por la noche, en casa, me miro desnuda en el espejo de cuerpo entero de la habitación (antes la he cerrado con llave, no quiero pensar qué imaginaría mi hijo si me pillara así).

Me sobran tres o cuatro kilitos, es verdad. Pero todavía marco cintura, y el pecho se mantiene bastante bien. Pienso en cuando tenía veinte años... y recuerdo aquella Ilia que se tapaba como una monja y se ponía bañadores y nunca lucía escote, y las faldas siempre largas. Si la tuviese delante, le daría una colleja.

¡Estúpidas! Somos unas estúpidas. Nos pasamos media vida buscando la perfección, y cuando descubrimos que es imposible y por fin nos reconciliamos con el cuerpo que tenemos, entonces el tiempo empieza a pasar de prisa, de prisa, y todos los días llegan kilos y arrugas y celulitis y vista cansada y hernias cervicales.

Y entonces llegamos a la conclusión de que, total, son cuatro días, y que no queremos renunciar al placer de una copa de vino, un arroz negro, o un helado de chocolate.

Resultado: cuando seguíamos una dieta estricta, nos privábamos de todo y conseguíamos mantenernos en la raya de los cincuenta y pocos kilos, nos avergonzábamos de nuestro cuerpo y no lo mostrábamos nunca.

Y ahora, que ese cuerpo está más trabajadito y ofrece un aspecto bastante más patético, decidimos tomar el sol en topless para aprovechar los últimos años que nos quedan antes de convertirnos en unas abuelitas adorables.

Sigo plantada delante del espejo, desnuda y quieta, como un espantapájaros, y entonces recuerdo la famosa *prueba del lápiz* que todos los veranos hacíamos Vilma y yo para comprobar que nuestras tetas todavía desafiaban la ley de la gravedad. El lápiz colocado debajo de la teta, soltábamos y, ¡pataplum!, el lápiz caía gozosamente al suelo de inmediato. ¿Y si lo probase ahora? Agarro mi teta derecha con el afecto y la delicadeza con la que ayudamos a un abuelete a sentarse en el autobús, y la suelto sin ánimo de probar nada. No... un lápiz, no... ¡incluso un rotulador fosforito se aguantaría ahí, también!

¿Recordáis cuando nos poníamos el sujetador y las tetas quedaban bien colocadas a la primera? No hacía falta meter la mano y levantarlas para que quedaran bien situadas.

Basta, basta. ¿Todo esto también debe de pasarles a los hombres? Quiero decir, cuando están desnudos y se quedan contemplando su pene... los que se lo ven... ¿también deben de recordar tiempos mejores?

Vino blanco y salmón ahumado

He señalado en fosforito el día de hoy en el calendario: 3 de junio.

¡¡¡Ha venido Lola!!!

Eran cerca de las ocho. Las niñas ya estaban bañadas y en pijama y jugábamos a muñecas pacíficamente (en apariencia, claro; por dentro, yo estaba muy nerviosa, porque la personalidad maternal me obligaba a estar allí sentada, quitando y poniendo vestidos, mientras que la personalidad egocéntrica tiraba de mí hacia mi habitación, me empujaba a echarme cómodamente en la cama y coger aquella novela que no puedo dejar...).

Han llamado al portero automático y he ido a mirar quién era, extrañada. ¿Quién es? Y una voz remotamente conocida ha contestado alegremente: ¡Soy yo!

–¿Quién eres?

–¡Yooo! –Ahora ya no era una voz tan alegre, era exasperada, casi indignada–. ¡Soy Lola! –ha añadido, finalmente.

He abierto y he esperado a que subiera el ascensor con la puerta abierta, sin recuperarme de la sorpresa. La he recibido con un abrazo sincero y una sonrisa cínica:

–Y... ¿a qué debemos este honor?

Ya la recordaréis: mi hermana Lola sólo tiene treinta y cinco años. Es soltera. Vive sola. Gana dinero a espuertas y se lo patea todo en ropa, cosméticos y viajes.

Tiene amigos en todo el mundo y no sabe qué es una noche sin salir.

La vemos poco. No es que no nos quiera, simplemente tiene otra perspectiva. Estos seis años que nos llevamos, terriblemente agravados por mis dos matrimonios y mis tres hijos, nos han situado en planetas distintos. No, qué digo. En universos distintos.

En el universo de Lola, dicho sea con todo el afecto, el sol en torno al que todo da vueltas es ella.

Aparte de este pequeño detalle, es una chica simpática, divertida, generosa e inteligente. Mis hijos la adoran: Lola siempre hace regalos impensables, viste ropa original, cuenta aventuras que les divierten... cuando la ven, claro, lo que sucede muy de vez en cuando. No seré yo quien les cuente que nos convendría más una tía menos sofisticada y alocada, que pudiera ir a recogerlos al colegio y que de vez en cuando los llevara al cine o a comprar a Decathlon.

Hoy Lola ha aparecido con una gorra de lana llena de bolitas de colores que ha hecho las delicias de mis hijas. Traía regalos para todos: collares fluorescentes para Berta y María, un CD de hip-hop para Octavio y unas babuchas llenas de espejitos para mí (la mar de prácticas).

Ha contado que ya no sale con el piloto de motos –ni idea de que salía con uno–, y que ahora tiene un novio brasileño que diseña camisetas. Está preparando una escapada con él a Venecia. El chico de la agencia de viajes es megasimpático. El brasileño es cero educado. Quizá, pensándolo bien, al final irá a Venecia con el chico de la agencia.

La convenzo para que venga un día a cenar, tal vez el viernes (no me atrevo a proponer el sábado, porque sé que tiene mejores planes). Pero el viernes tampoco puede ser: tiene una cena de trabajo. Ni el miércoles, que va al cine. Quizá el jueves. De acuerdo. Que no me moleste en preparar cena, que ella ya traerá algo. Adiós.

Y el jueves viene, tarde, pero viene. Las niñas están muertas de sueño, Octavio muerto de hambre y Juan impaciente porque empieza el fútbol. Pero Lola los distrae a todos con chistes y bromas, mientras yo pongo la mesa y abro los paquetes que ha traído: dos botellas de vino blanco, un paquete de salmón ahumado, tostaditas de todas las medidas y helado de pastel de queso con jarabe de frambuesa. ¿Esto es la cena? Seguramente es la cena que compra cuando tiene una cita romántica en su casa... pero ¿pretende que mi familia de cinco –incluidas dos niñas pequeñas– cene con esto?

Empiezo a sacar pizzas y croquetas congeladas y preparo un arroz rápido para las pequeñas. Cuando Lola lo ve, dice, sinceramente admirada:

–Chica, qué preparada estás... ¡esto es una ama de casa!

Es curioso cómo cambian los baremos. Mi madre, por esta misma cena, me hubiese condenado a la hoguera eterna de las amas de casa desastrosas.

Las niñas demuestran una admiración sin límites por su tía, que juega con ellas la mar de divertida, y les hace cosquillas, y se cuelga a María en la espalda cabeza abajo... hasta que la pequeña echa la cena en su jersey de cachemir. Lola coge a la niña como si sus manos fuesen pinzas y arrugando la nariz me la pasa:

–Uf, tendrás que cambiarle el pijama... pobrecita.

¡Tengo tantas ganas de verla llena de mocos, babas y caquitas de sus hijos...! ¿Soy mala?

Después de cenar, cuando las niñas se han acostado y Octavio «estudia» en su habitación, Juan, Lola y yo tomamos una copa de coñac en el comedor y acabamos hablando de mis padres. Son mayores, y sabemos que eso de que vivan solos se está acabando: papá ya no rige y mamá no puede cuidarlo, con su artrosis y todo lo demás...

Le insinúo a Lola que tendremos que empezar a buscar una solución y le adelanto que las residencias son carísimas, y que a pesar de que repartamos entre cuatro...

–Pero ¿cómo, una residencia? ¿No querrás llevar a papá y a mamá a una residencia?

Mi hermana pequeña, toda corazón, no puede concebir semejante crueldad.

–Mujer, con tus hermanos no puedes contar, y si tenemos que tenerlos medio año tú y medio año yo, con las vidas que llevamos, no sé cómo podremos atenderlos...

Lola me mira con esos ojazos, tan bonitos, tan terriblemente inocentes, y dice:

–Yo no los puedo tener, claro, no estoy nunca en casa... pero siempre había pensado, no sé, como vosotros sois una familia... y tú ya estás acostumbrada a organizarte...

O sea, para que ella no tenga que destrozar su vida, más vale que yo, que ya la tengo bastante hecha polvo, la acabe de hundir.

–De hecho, tú ya debes de haberte acostumbrado a no tener libertad de movimientos. ¿Cuánto tiempo hace que no vas al cine por la noche? –tiene la caradura de decir, la muy guarra.

Juan me mira con cara de «no se lo tengas en cuenta, es muy joven». Y, efectivamente, no se lo tengo en cuenta y le sirvo más coñac.

–Déjalo, Lola, cuando nos veamos apurados, ya veremos qué hacemos.

El verano y la vuelta al cole

Siempre he pensado que la manera de pasar las vacaciones de verano define mucho a las personas, ¿no os parece? Mirad, si no:

- Mis padres van a un balneario («¿Adónde quieres que vayamos, si no? Viejos y enfermos... ya me contarás. Lástima que tenemos que ir a uno sencillito, porque no podemos permitirnos uno de lujo...»).
- Mis suegros van a Isla Mauricio («Llamamos a la chica de la agencia de viajes, que vino a casa y extendió un mapamundi encima de la mesa donde había marcados todos los lugares donde ya hemos estado... es que ya empieza a ser difícil escoger...»).
- Vilma y su familia van unos días al País Vasco y unos días a Quebec (¿es necesario decir quién ha decidido los destinos?)
- Beth va a la casa que sus padres tienen en la Costa Brava. Estarán todos los hermanos con sus respectivas familias y se hartará de hacer de canguro de sus sobrinos.
- Ana aprovechará los días que Roque se queda con los gemelos y se largará a Botswana, para acabar su estudio sobre los cultos animistas de los poblados del margen del río Okavango.
- Mi hermana Lola pasará una semana en Nueva York y después irá a desestresarse a las playas de Brasil.

- Los compañeros del periódico, en su gran mayoría, van a cualquier rincón del mundo donde las agencias de viajes no pueden llevarte, aquellos lugares donde los pobres mortales que no son periodistas y que, por tanto, no tienen una curiosidad innata por conocer otros mundos, no irían nunca. Se trata de poder contar, después, que llegaron a un rincón adonde nadie había llegado, donde no había *ni un turista*. Y si les cae cerca una pirámide o las cataratas más espectaculares del continente o cualquiera de las siete maravillas... si está *lleno de gente*, ellos pasan y ni se acercan.
- ¿Y nosotros? ¿Adónde vamos nosotros? Juan quiere playa y pesca submarina; Octavio quiere cualquier pueblo turístico donde haya discotecas y guiris; las niñas quieren una granja para ver animales pero que tenga piscina, y yo... Yo quiero ir a un hotel de cinco estrellas donde me lo hagan todo. Y cuando digo todo, quiero decir todo.

Acabamos pasando unos días bastante divertidos en una casa rural del Empordà que permite hacer realidad los deseos de cada uno de nosotros: submarinismo, castillos de arena, carpas nocturnas, animales de granja, no cocinar.

Cuando llegamos a casa, nos esperan unas camisetas de algodón con letras fluorescentes que dicen «Isla Mauricio», tres mensajes en el contestador de mi madre preguntando «dónde puñetas estamos», montañas de ropa sucia, montañas de ropa para planchar, dos listas de libros de texto para comprar, seis batas de colegio para coser botones, revisiones médicas diversas, facturas a manta para pagar... el mundo real, en pocas palabras.

La hoja del mes de setiembre en el calendario de la cocina, que hace unos minutos estaba inmaculada y virgen, se va llenando a una velocidad terrorífica: revisión otorrino Berta, Abacus, peluquería Octavio, Juan, niñas y yo, llamar a Beth, Vilma, Ana, agradecer camisetas Regina, comprar condones, recoger americanas tintorería, revisión calefacción. Ah... e ir a trabajar.

La primera semana intento flotar en el mar de recados y gestiones pendientes, y cuando parece que consigo ponerme a tono (la nevera llena, el cubo de la ropa sucia vacío), nos convocan para las reuniones de principio de curso. No puedo. Si hay algo superior a mis fuerzas, eso son las reuniones del colegio.

A la hora de cenar, me armo de valor y le digo a Octavio:

–El jueves tengo la reunión de tu clase en el instituto...

(Estoy casi segura de que dirá: «Total, para lo que van a decir... No hace falta que vayas.» Y esta vez, aceptaré.)

–Ah... pues pregunta si nos dejarán salir a desayunar a la calle.

(Mierda. Lo volveré a probar.)

–¿Crees que éste será el tema más interesante? Porque... francamente...

–Mmm... mmm –encogimientos de hombros.

–Quizá... no sé... quizá este año no hace falta que vaya... no creo que haya nada nuevo...

–Ah, ¡por mí...! –nuevo encogimiento de hombros.

(Oé, oé, oé, oeeé. ¿Soy mala madre?)

Segundo asalto:

–Juan, tenemos reunión de María en el colegio y de Berta en la guardería: mañana y el viernes.

–Mmm... ¿Te lo puedes combinar...?

–He pensado que nos lo podríamos repartir. Tú una y yo la otra.

–Uf. Deben de ser a media tarde... estaré trabajando.

–Ah, ¡es verdad! No caía. Ya iré yo, que me estaré dando un baño de leche de burra.

–No hace falta que te pongas así.

–No me pongo de ninguna manera. Yo también estaré trabajando y me lo montaré para salir antes.

–OK. ¿Cuál me toca?

–La guardería.

–¿Cuándo?

–El viernes, a las seis.

–¿Dónde?

–En el paraninfo de la universidad... no te jode.

–Chica, qué carácter.

Así que me toca –he optado– la reunión en el colegio de María. La he preferido porque, ya puestos, me interesa más el proceso de lectoescritura que el proceso de control de esfínteres. Qué temario tan apasionante, ¿eh? No quiero hacerme la cínica, reconozco que, cuando Octavio pasó por todo esto, me parecía la mar de emocionante. Pero, francamente, una vez lo has vivido con el primer hijo, la emoción se rebaja considerablemente.

Muy bien, ya estamos en la clase de primero, sentados en sillas medida pitufo, haciendo como si estuviésemos supercómodos. A mi lado tengo al padre de Laia, que mide metro noventa y debe de pesar más de cien kilos. Ha conseguido apuntalar una ínfima parte de su culo en la sillita con una gran naturalidad.

La maestra nos recibe con una gran sonrisa y nos invita a presentarnos. Y empieza la ronda: «Soy José, el papá de Laia», «Soy Mercedes, la mamá de Pedro», y sólo nos falta cantar «el corro de la patataa»...

A partir de ahí, el/la maestro/a empieza a explicarnos qué aprenderán nuestros hijos/as durante este curso, qué características tienen los niños/as de esta edad, qué temas *trabajarán*, qué hábitos *adquirirán*, etc., etc. Hasta aquí, bastante interesante. Escucho sin impacientarme.

Pero entonces comienza el apartado llamémosle de orden práctico: la cartera tiene que ser pequeña y tiene que ir marcada con el nombre del niño/a. Deben llevar tres batas (clase, comedor, talleres), todas marcadas y con una cinta suficientemente larga para poder colgarla cómodamente en el colgador que cada niño/a tiene asignado. El desayuno tienen que llevarlo en una bolsa de tela –¡marcada, por supuesto!–; no pueden llevar bebida ni nada que pueda derramarse; es mejor que lleven un bocadillo que un donut o un bollycao (¡con lo buenos que están los donuts!, pienso yo, con mi tendencia a la rebeldía).

Son unas instrucciones pesadísimas, que se repiten cada inicio de curso y que estoy segura de que llenan las pesadillas de los/las maestros/as. Pero lo que no puede decirse es que no sean unas instrucciones sencillas... ¿verdad? ¡Oh, no!

–Perdona –dice Luisa, la mamá de Belén–. ¿Las tres batas tienen que ser de colores diferentes?

Y el/la maestro/a responde, sin alterarse:

–No hace falta... pero el crío se aclarará mejor si cada bata es de un color.

–Cría, cría –rectifica Luisa, la mamá de Belén.

–Discúlpame, al niño o a la niña le será más fácil con batas de distintos colores –dice la maestra, y no parece que el hígado se le esté licuando de pura rabia ni nada.

–Ay... si fuese tan fácil –dice Luisa, la mamá de Belén, con una risita misteriosa.

Estamos todos en silencio, más de cuarenta adultos ridículamente sentados en minisillas, todos con mucha prisa, esperando que Luisa, la mamá de Belén, desvele por qué no es tan fácil ponerle a la niña las batas de tres colores distintos.

–Mi Belén lo quiere tooodo de color de rosa –¡ríe aún más!–, y no hay forma de hacerle cambiar de idea... ¡Belén tiene las cosas muy claras!

Mientras el/la maestro/a dibuja una sonrisa prefabricada y pasa al segundo tema del apasionante temario (los botones de las batas), la madre que tengo a mi lado, que se llama... ahora no lo recuerdo..., es la mamá de... no sé si de la niña de rizos oscuros o del niño de pelo punky, pero en todo caso es una madre que siempre me ha parecido *normal*, me pasa un papelito donde ha escrito: «Una buena colleja es lo que le hace falta a Belén...»

El intercambio de miradas cómplices me libera del 50 por ciento de la tensión acumulada. Pero todavía conservo mucha, y Luisa, la mamá de Belén, no se da por vencida:

–Cuando se le cae un botón, ¿lo cosemos esa misma noche, o esperamos al final de la semana para repasar todas las batas? A mi hija Belén le gustan con locura los cacahuetes, ¿puede llevar un puñado para desayunar? Los días que tienen gimnasia, ¿hace falta que les recojamos el pelo? Mi Belén está acostumbrada a comer un poco de chocolate o algo dulce después de comer, habría alguna manera de...

No os podéis hacer una idea de la cantidad de preguntas absolutamente idiotas que pueden llegar a formularse en una reunión de padres. Finalmente, el/la maestro/a ha perdido la paciencia y lo oigo decir –sin alterar la voz, eso sí– que Belén tendrá que aprender a prescindir del bombón de después de comer.

A continuación, llegan un montón de recomendaciones que los padres o madres *normales* consideramos prescindibles, porque las dicta el sentido común, pero que descubrimos que no lo son, del tipo: los/las niños/as tienen que acostarse temprano, tienen que empezar a vestirse solitos/as, no pueden llevar *chuches* en la cartera... ¡no pueden llevar móvil!

Cuando ya parece que estamos terminando, de repente, se organiza un debate sobre si los niños/as tendrían que desayunar en casa, alrededor de la mesa «como en las series de la tele» (sic) o está bien que desayunen en la escuela «para adquirir hábitos», pero entonces no tienen hambre a la hora del almuerzo... quizá sólo tendrían que llevar una galleta simbólica... ¡MISERICORDIA!

Me incorporo, me desincrusto de la minisilla, y digo, muy de prisa:

–Ya me perdonaréis, pero no puedo quedarme ni un minuto más, tengo que irme... –y murmuro cuatro excusas sin sentido.

Cruzo la clase mientras el/la maestro/a comenta que enseñarán a nuestros hijos/as los juegos tradicionales de calle «a los que jugaban nuestros abuelos». No digo lo que estoy pensando: que dudo que las calles de nuestra ciudad sean las más adecuadas para practicar lo que aprendan, y que también dudo que la peonza pueda competir con la GameBoy...

Cuando salgo de la clase, noto veintitantas miradas en la nuca que me censuran, y me critican: «Como es periodista... no sé qué se cree», y corro a casa de la vecina que me está guardando las niñas, pero antes paso por la farmacia para comprar Dalsy para María, y prometo que, si en la nevera hay huevos para improvisar una tortilla para cenar, no volveré a largarme nunca más de una reunión del colegio antes de que termine.

Al día siguiente, voy a casa de mis padres y lo encuentro a él, solo, cosa que me extraña.

–¿A que no sabes dónde está tu madre? –dice, con aquella mirada maliciosa que pone cuando se ríe de su mujer.

–¿...?

—En el médico, mujer, en el médico —y se le escapa la sonrisa por debajo del bigote—. Si quieres saberlo, ya no recuerdo si era el otorrino o el reumatólogo... ¿o quizá el oculista? Ya lo sabes, es imposible estar al día de los males de tu madre, y a mí, ¡cada vez me falla más la memoria...!

Por primera vez, me planteo si este principio de alzheimer que me tiene tan preocupada no existe y simplemente mi padre se acuerda de lo que le interesa. Mamá siempre dice que lo de la sordera es una comedia y que sólo oye bien cuando quiere. Para probarlo, le hablo expresamente en voz muy baja, y el muy caradura me contesta como si nada.

—¡Mucho morro tienes tú! ¿No te estabas quedando sordo?

—Niña, algo tengo que hacer para sobrevivir...

¡Lo reconoce sin ponerse colorado, el tío!

—Es que tu madre es mucha mujer —y añade—: No sé qué haría sin ella.

Llega mi madre y yo aprovecho para ponerme el abrigo...

—¿Ya te vas? Ahora que llego yo...

Miro a mi padre de reojo, pero él hace como que no oye.

—Así he podido hacerle compañía a papá este rato que estaba solo.

—¿Me lo estás reprochando? Yo tenía que ir al médico...

Los abrazo y me largo disparada. Cuando llego a casa, miro a Juan y pienso si llegaremos a estar tantos años juntos como mis padres; si nos querremos tanto y tan mal como ellos. Me acerco por detrás y lo abrazo, deseando que, sea como sea, podamos envejecer juntos y mortificarnos el uno al otro como dos viejecitos cascarrabias que...

–Quieres guerra, ¿eh? –me dice con la voz ronca, sin darse la vuelta.

El mensaje se ha malinterpretado. No, no quería guerra: quería una velada tranquila y romántica, tierna, los dos sentados en el sofá, imaginando cómo seremos cuando seamos viejos. Cuando me doy cuenta, Juan se ha levantado, me ha agarrado por la cintura y me conduce hacia la habitación entre risas.

–¿Así que entre semana también quieres hacer ejercicio, eh? –dice, más contento que unas castañuelas.

Justo en ese momento noto las cervicales más castigadas que nunca y unos pinchazos en los riñones, pero él ya ha empezado a besarme en la nuca, que sabe que no puedo resistirlo... y, al fin y al cabo, quizá sí que me sentará bien hacer unos estiramientos para desentumecer la espalda...

Así que, pasado el verano, éste es el panorama: Ana, separada, con gemelos de un año; Beth, soltera, embarazada de siete meses de un chico a quien ha dejado de ver mientras decide si quiere hacerle saber que él es el padre de la criatura; Vilma, ejerciendo de esposa modélica del candidato, embarazada de cuatro meses del becario del dominical. ¿Qué os parece? ¿A que yo soy *asquerosamente* normal?

Y yo que creía que los cuarenta me introducirían de lleno en el mundo de la menopausia... Desde que los cumplí, estoy siempre rodeada de náuseas, biberones y visitas a Prenatal.

Es sorprendente cómo han dejado de preocuparme la celulitis, la vista cansada y las cremas rebosantes de liposomas. Y todavía es más sorprendente cómo se encajan los imprevistos de la vida una vez has llegado a la cumbre de los cuarenta y contemplas el mundo desde arriba. La vida es cuesta abajo, y las cosas parecen más sencillas, por complicadas que resulten ser.

Pero cuando todo parecía funcionar bien, sin rechinar demasiado, me llama mi querida suegra.

–Cecilia, bonita, ¿qué tienes pensado hacer el día 5?

–Perdona... ahora mismo... si no me das más pistas... –Tiemblo: ¿qué coño debe de pasar el día 5? ¿He olvidado la boda de alguna cuñada? ¿O el funeral de alguna tía-abuela podrida de pasta que los hará aún más ricos?–. ¿Qué pasa el día 5?

Mi suegra suelta una carcajada de esas que la han hecho famosa en las fiestas de la buena sociedad barcelonesa. Se ve que incluso cuando te ríes puedes poner de manifiesto tu clase y tu elegancia. Todo el mundo lo dice: «¡Regina tiene una risa tan musical...!»

(Ríe exactamente como Cruella de Vil cuando veía a los cachorros de dálmata.)

–Pero, Ilia, mujer... ¿es posible que no recuerdes que cumples cuarenta y un años?

¡¿Cuarenta y uno?! ¿Ya ha pasado un año? Empiezo a notar un sudor frío en la nuca. Así que era verdad... a partir de los cuarenta, los años pasan más de prisa. Mucho más de prisa, a toda leche, en realidad.

–¡Ah, el 5 del mes que viene!

–No falta tanto.

–Sí: faltan tres semanas.

–De acuerdo, ¿pero ya sabes qué harás?

–Pues... no, todavía no lo he pensado.

–¿Quieres que vayamos a comer? –tiene la cara de decir mi suegra.

–¡No! Quiero decir, no lo sé aún. Ya os llamaré...

–De acuerdo. Pero no lo dejes, ya sabes que tenemos la agenda siempre tan llena...

De repente, el sudor frío se calienta y la rabia empieza a subirme por la garganta:

–Mira, Regina, ¿sabes qué? Haced vuestros planes, seguramente no lo celebraré casi, ya lo hice el año pasado.

–Ay, sí. Fue una fiesta preciosa. Fíjate, la tía Mimí todavía estaba, pobrecita...

–Fue una mierda de fiesta. Y la tía Mimí era más patética que Sara Montiel...

(¡No lo digo! ¡No lo digo! ¡No os asustéis! Sólo lo pienso. Cualquier día me voy a envenenar de tanto morderme la lengua.)

Me saco a Regina de encima como puedo. Vuelve a sonar el teléfono. Es Isaías. Mi ex. El papá de Octavio.

Imaginadlo con pinta de profesor universitario o sabio distraído. Gafas bifocales, barba canosa, barriguita. Habla muy despacio, pero acostumbra a decir cosas interesantes, todo hay que decirlo.

–Hola, Ilia.

–Isaías, ¿cómo estás?

–Bieeen...

Después de este «bien» alargado, oigo un ruido indescriptible, que viene a ser una mezcla de tos y bostezo.

–¿Pasa algo?

(Apostaría mi sueldo de este mes a que tiene que decirme que el fin de semana que viene no puede llevarse a Octavio.)

–No, no. Pero... sí, la verdad es que sí.

–Isaías: me estás poniendo nerviosa.

De repente, recuerdo con una claridad sorprendente por qué me separé de él. Nerviosa, me ponía terriblemente nerviosa.

–Mira, Ilia, te quería comentar que... en fin... que...

–¿Quéee? Por el amor de Dios, Isaías, ¿qué?

–Que me caso.

Veo entrar por la puerta de la cocina una ambulancia, se abre la puerta de atrás y de su interior salen dos enfermeros la mar de cachas, se me acercan, me hacen extender el brazo y me pinchan. No sale ni una gota de sangre. Así es cómo me siento. Petrificada.

–¿Ilia?

Isaías alucina con mi silencio. Claro, ¡se produce en tan pocas ocasiones!

–Sí, sí... chico, me has cogido por sorpresa... Ni siquiera sabía que salieses con alguien...

Es verdad: no estoy afectada para bien ni para mal. Estoy simplemente sorprendida. MUY sorprendida. Desde que nos separamos, di por descontado que Isaías se dedicaría en cuerpo y alma a sus clases, a sus publicaciones y a sus viajes por medio mundo para visitar a colegas tan sabios como él. Evidentemente, imaginaba que alguna sabia de buen ver pasaría por su cama... Pero ¡casarse!

Pero si algo bueno tiene Isaías, es que reconoce las cosas:

–Sí, la verdad es que es sorprendente. Ni yo mismo lo entiendo...

–Y, di, ¿quién es la afortunada mortal que podrá compartir tus conocimientos inagotables?

(Él sabe que no lo digo con mala leche, yo lo admiro sinceramente.)

–Eh... bueno, no la conoces. Se llama Karen. Es danesa.

–Ah, ¡caramba! ¿De qué universidad?

–¿Cómo? –Vuelve a repetir aquel ruido indefinible, el que parece un ataque de tos mezclado con un bostezo–. No, no... no es del ámbito universitario.

–¿Ah, no? ¿Y a qué se dedica?

–Es azafata.

Los enfermeros, que ya habían subido en la ambulancia, vuelven a bajar. Ahora me instalan directamente en la camilla y me ponen la mascarilla de oxígeno. Saben que estoy a punto de desmayarme.

–¿Azafata? ¿Quieres decir azafata de vuelo? ¿De esas que son altas, rubias y guapas? –y tontas del culo, pienso. Pero ¡no lo digo!, ¡no lo digo!

–Sí, eso mismo. Nos casamos el mes que viene y quería que lo supieras. También me gustaría saber si crees que Octavio debería venir a la boda.

–¿*Si debería ir*? En todo caso, debe de ser *si querría ir*... o si tú *quieres que vaya*...

–Es que yo no sé qué se debe hacer en estos casos...

–Pues yo no te lo puedo resolver –digo, en un tono más seco de lo que me gustaría–. No creo que exista un manual de cómo actuar cuando un padre divorciado se casa con una azafata danesa.

Si una cosa tiene Isaías es que me conoce y sabe cuándo empezaré a ponerme sarcástica. Tiene mucha práctica en cortar de raíz estas situaciones para evitar conflictos.

–Nada, nada... pues ya hablaré con él, ¿de acuerdo, Ilia? Dile que me llame cuando pueda. Hasta pronto.

Llamo inmediatamente a Vilma.

–¡No te lo vas a creer!

–A estas alturas, ya me lo puedo creer todo... pero prueba, a ver.

–Isaías se casa.

–Mujer, no hay para tanto... tú también lo hiciste.

–Se casa con una azafata de vuelo. Danesa.

–Caramba. No era previsible, realmente. Pero ¡tanto como para no creerlo! –Se le escapa la risa, lo noto.

–Vilma, haz el favor. No creo que sea gracioso. Más bien es patético. Nunca hubiese pensado que Isaías caería tan bajo como los demás. O sea, que por inteligentes y sabios que sean acaban buscando una chica joven y tonta...

–Primero: no sabemos si es tonta. Es MUY probable, pero no es seguro. Y segundo: ¿hace falta que te recuerde que tú acabaste buscando un chico más joven que...?

–Juan no es estúpido.

–No, lo admito, a pesar de que tampoco sería Umberto Eco... Pero el caso es que es más joven que tú, y eso no te convierte en una depravada...

–No es lo mismo.

–¡Oh, sí! ¡Claro que sí! ¿Irás a la boda? Si se celebra en Copenhague, podría acompañarte...

—Vete a la mierda. Octavio sí que irá.

—Quiero ver las fotos.

—De acuerdo. ¿Te encuentras bien?

—Perfectamente, como una rosa.

—*Ciao.*

A punto para los cuarenta y uno

He decidido celebrar mi cumpleaños. Alquilaré un apartamento en la playa y nos largaremos todo el fin de semana. Vilma, Beth, Ana y yo. A la mierda mi suegra, la comida familiar y las fiestas patéticas como la del año pasado. Esta vez celebraré el cumpleaños como a mí me apetece. Será *muuuuuy* difícil conseguirlo, pero cada día que pasa soy más testaruda y no me rendiré fácilmente.

–¿Beth? ¿Qué te parecería un fin de semana las cuatro en Cadaqués?

–Buf... ¿adónde quieres que vaya yo, con esta barrigota? Parezco un transatlántico...

–Precisamente.

–¿...?

–Quiero decir que precisamente deberías aprovechar los últimos cartuchos de libertad. Con el bebé sí te va a resultar difícil. Venga, mujer. Celebraremos mi cumpleaños.

–De acuerdo... pero no os aseguro que no tengamos que correr al hospital a medianoche. Que conste que he avisado.

No se lo haré saber a las demás, por si acaso.

–¿Ana? ¿Te animas a celebrar mi cumple en Cadaqués, todo el fin de semana, las cuatro solitas?

–No hay nada en el mundo que me apetezca tanto... pero ya sabes que tengo un problema doble...

–Que se los quede el padre, que para eso está.

–¿Todo el fin de semana solo con los niños? ¿Roque? ¡Lo ves muy fácil, tú...!

–Ni fácil ni difícil. Tiene que ir acostumbrándose. Son sus hijos.

–Haré la llamada... pero no te aseguro nada.

Dejo a Vilma para el final.

–¿Vilma? ¿A que dirás que sí si te propongo un fin de semana de libertad absoluta en Cadaqués?

–Yo voy a decirte que sí, pero falta que también diga que sí mi madre...

–¿Y Claudio?

–Claudio seguro que tiene congreso de partido, o debate de presupuestos, o cualquier tontería de ésas. Ya sabes: salvando el país.

–Inténtalo, ¿vale?

Muy bien. Y ahora falto yo. Octavio estará en Dinamarca, celebrando la boda de su padre con Karen y haciendo fotos a destajo para que luego yo pueda criticar. Las niñas se quedarán con Juan, y no se puede contar con la ayuda de mi madre porque «tú sí que tienes suerte, que puedes irte a Cadaqués, etc.».

Me armo de valor y hablo con Juan. Ni que decir tiene que, de entrada, su reacción es inmejorable: «Sí, ningún problema. Ve y pásalo bien.»

Le cedo un minuto y, efectivamente, hay un pero.

–Pero, oye, Ilia... ahora pienso que el sábado había quedado para jugar al tenis con Álex.

–Ah.

–¿Qué hacemos?

La respuesta adecuada, ya lo sé, sería corregirlo: «Querrás decir qué hago.»

Pero en estos momentos tengo un objetivo prioritario: quiero ir a Cadaqués.

–¿Qué te parece si llamamos a tu madre, a ver si puede llevárselas a comer? Seguro que tendrá ganas de verlas y...

–Sí, muy bien. ¿La llamas?

Es *su* madre. Son *sus* hijas. Pero es *mi* fin de semana. Así que la llamo.

–¿Regina? Hola, soy Ilia. Mira, que resulta que tengo que irme el fin de semana y Juan había quedado para jugar al tenis el sábado por la mañana. ¿Qué te parece? ¿Podría llevarte a las niñas y que se quedaran a comer con vosotros? Nos harías un gran favor...

–Ah, sí, claro que sí. ¿Y te vas por trabajo?

¿Qué digo? ¿Miento y me ahorro los comentarios? ¿Digo la verdad?

–No. Me voy con mis amigas a celebrar mi cumpleaños.

–Bien hecho, chica. ¡Tú sí que te lo montas bien!

–¿Sí? ¿Tú crees? El primer fin de semana desde que me casé con tu hijo que, por cierto, se ha largado uno a esquiar, cuatro por trabajo, dos con los amigos...

¡NO lo digo! ¡NO lo digo!

–Gracias, Regina.

Al día siguiente llego al trabajo y me encuentro tres correos.

BETH: «Ya lo tengo todo listo para el fin de semana: Almax para la acidez, la almohada para ponerla entre las piernas, el móvil del ginecólogo anotado y la lengua a punto para utilizarla sin parar (quiero decir para hablar... evidentemente).»

ANA: «¡He convencido a Roque! Tuve que utilizar métodos poco éticos. Eso que se llama *armas de mujer*... pero qué quieres: esta vez, valía la pena. Las he utilizado para cosas menos importantes... ¡Todo a punto para el fin de semana en Cadaqués!»

VILMA: «Críos colocados. Cadaqués adelante. No quiero ni un solo comentario sobre el becario.»

Lo que pasa es que el becario se ha liado con la becaria, aquella postadolescente que luce ombligo en la redacción incluso cuando hay temperaturas bajo cero en el exterior. Vilma está afectada creo que un 2 %, pero aun así, prefiere no convertirlo en tema de conversación. De acuerdo.

Beth tampoco quiere hablar de si finalmente debe decirle o no al cabrón del abogado que está a punto de ser papá por partida doble. El chico ni siquiera sabe que está embarazada, y la verdad es que cuando le soltó que su mujer estaba esperando un bebé, Beth lo borró literalmente de su vida y de su pensamiento.

Así que... ¿de qué vamos a hablar, en Cadaqués? No, no creáis que eso me preocupa: siempre hay tema de conversación. Podemos acabar discutiendo si es mejor la verdad o la mentira, Carolina o Estefanía, la muerte repentina o la larga enfermedad, «Vacaciones en el mar» o «Los ángeles de Charlie». Pero calladas no vamos a estar, eso seguro.

El teléfono me distrae de este pensamiento tan profundo. Es Amparo, la madre de Isaías, mi ex suegra.

–¡Amparo! ¡Qué sorpresa! ¿Qué me cuentas?

–Ilia, cariño, tengo que darte una noticia.

Me temo lo peor. Soy de tendencia pesimista.

–Dime, ¿te ocurre algo?

–No, hija, no, tranquila. Es Isaías...

–¿Isaías? ¿Qué le pasa? –El corazón se me acelera y pienso que, al fin y al cabo, es el padre de mi hijo, y un buen hombre, y me enternece saber que todavía guardo buenos sentimientos hacia él.

–Nada... bueno, sí, le pasa que... volverá a ser padre.

¿Buenos sentimientos? ¡Ese pichabrava! ¡Se ha vuelto loco!

–¿Ilia?

–Sí, sí, te escucho. ¡Qué noticia, ¿eh?! ¿Y por qué no me ha llamado él para decírmelo?

–Oh, ya sabes cómo es...

–Sí: un cagado.

Amparo suelta una carcajada. Tiene sentido del humor, afortunadamente.

De manera que cuelgo e intento acostumbrarme a la idea: Octavio tendrá un hermanito... o hermanita. ¡Madre mía! Beth embarazada, Vilma embarazada, la mujer de Isaías embarazada... es como una epidemia. Tengo que vacunarme.

La Nancy, los Chiripitifláuticos y *Torres de Mallory*

Muy bien, después de delicadas negociaciones, sobornos diversos, chantajes emocionales encubiertos y súplicas indignas... aquí estamos.

Vilma conduce, yo voy a su lado. Detrás, Beth y Ana. En el maletero, cuatro bolsas llenas de ropa, como si fuéramos a pasar dos semanas en Cancún, y en el CD del coche, Olivia Newton-John y John Travolta en *Grease* (el *revival* ha sido idea de Vilma, que también ha grabado música de Leif Garrett, David Cassidy y Miguel Bosé en la época de *Linda*).

El ambiente musical nos lleva a recordar épocas remotas, en un ejercicio que hemos realizado miles de veces, pero que siempre resulta igual de gratificante y divertido.

Y venga: que si yo tenía la Nancy rubia y yo la pelirroja... que si Beth, ni que decir tiene, era más de los Baby Mocosete, con su instinto maternal tan desarrollado... que si Ana no era de jugar a muñecas y se entretenía mucho más con el Cinexin o con la Magia Borrás o con cualquiera de los Juegos Reunidos Geyper...

El viaje hasta Cadaqués se hace corto y llegamos con dolor en las costillas de tanto reírnos (el clima retrospectivo nos ha hecho acabar recordando el cuento de «El urbano Ramón, que con el pito regula la circulación», no me digáis...). Y aún no ha empezado el fin de semana.

El apartamento que hemos alquilado tiene una vista espectacular desde el ventanal del comedor. Bueno... ya sabéis... la vista de Cadaqués.

Vamos a cenar a la pizzería y, después de cenar, ni Beth (que no puede con su alma, o mejor, con los veinte kilos de más que arrastra), ni Vilma (la pizza no le ha sentado bien, claro que era de roquefort y cebolla y, quizá, en su estado...) están con ganas de *drinking*. Resultado: decidimos acostarnos temprano para aprovechar el día de mañana en condiciones óptimas.

Ronda de llamadas de control de niños, maridos, ex maridos, suegras, madres, etc., y ¡a dormir!

Cuando nos levantamos, Beth ya ha bajado a comprar unos bollitos recién hechos y tiene la cafetera en el fuego. Dice que se ha despertado de madrugada con unos pinchazos en los riñones. Lo atribuimos al cambio de colchón. Asegura que para darse la vuelta en la cama necesitaría una grúa. Tiene los labios como Esther Cañadas...

Desayunamos en la terraza, admirando el paisaje y sin comentar, ninguna de las cuatro, el terrible aspecto que presentamos recién levantadas. Somos educadas y también, por qué no decirlo, viendo a las demás, intuimos el careto que debemos de tener cada una de nosotras.

¿Hubo una época en que nos despertábamos, después de haber dormido diez horas, con resaca, y aun así, sin rastro de estas bolsas debajo de los ojos como gajos de mandarina? ¿Hubo un tiempo en que podíamos ir a trabajar directamente desde la juerga sin haber dormido? ¿Hubo una vez cuatro chicas elásticas, delgadas, que no sostenían de ninguna manera un lápiz debajo de las tetas?

Ana nos hace reír contando la pesadilla que ha tenido por culpa del CD nostálgico que grabó Vilma.

–He soñado que iba a un concierto de Los Pecos (y eso, que a mí no me gustaban nada, si acaso el morenito, porque lo que es el del pelo rubio de secador...). La cosa es que, sentada en primera fila, superemocionada, salía un señor al escenario y decía que Los Pecos no estaban en condiciones, que les había sentado mal una pizza de roquefort... y que en su lugar actuarían Enrique y Ana. ¡Y allí me tienes!, cantando los coros del «coco-gua-gua»... ¡y de repente salían al escenario Sardà y Coto Matamoros y se llevaban a Enrique del Pozo y la pobrecita niña se quedaba sola...!

Vilma, con su delicadeza habitual, empieza a recoger las tazas mientras suelta:

–¿Quizá deberíamos movernos, no? ¡A ver si vamos a perder la mañana escuchando estas tonterías!

–Chica, eres un portento de sensibilidad.

–Si no fuese sensible, ya la habría estrangulado...

Y en este ambiente de compañerismo inmejorable, nos vamos a curiosear en las tiendas de los posthippies reciclados de Cadaqués. Hemos gastado como locas: pulseras de la buena suerte, blusas ibicencas, obras de pintores jóvenes, atractivos y nada cotizados...

Hemos almorzado en el apartamento una ensalada gigante

para compensar la pizza de ayer, eso sí, regada con un vino blanco seco y superfrío, y un helado artesano de postre. Dieta sui generis.

La conversación ha continuado en tono *revival*. Primero cine: que si *Fiebre del sábado noche* (gran discusión sobre si Travolta era un macarra superhortera sin más, o si, en realidad, a pesar de los movimientos macarriles, tenía su punto...); *Grease* (que si nos gustaba más la Olivia de las coletas y las faldas con vuelo o la del final, vestida de cuero y con el pelo rizado). Otro gran debate se ha originado para decidir si nos había impresionado más *El coloso en llamas* o *La aventura del Poseidón*... no nos hemos puesto de acuerdo y hemos pasado al universo de las series de televisión.

Hemos recordado «Con ocho basta» con gran nostalgia y se ha organizado una auténtica batalla campal para valorar el atractivo de «Starsky y Hutch».

–¡Por favor! No me diréis que no era mucho más guapo David Soul, con su flequillo rubio...

–Pues a mí me gustaba más el otro, Paul-no-sé-qué, con aquel jersey de Jacquard...

La segunda discusión se ha centrado en los libros de Enid Blyton: que si *Torres de Mallory* o *Santa Clara*, que si *Los cinco* o *Los siete*...

De aquí, con un evidente deterioro de nuestra sobriedad por culpa del vino blanco superfrío, hemos pasado a «Los chiripitifláuticos», que si Valentina, que si Locomotoro, que si el Capitán Tan, que si el Tío Aquiles. Y entonces, Vilma y Beth se han levantado y se han puesto a cantar la canción de los Hermanos Malasombra: «Somos malos, mala sombra, somos malos de verdad, somos como una espina que sólo sabe pinchar, y más malos que la quina.»

Y de repente, Beth se ha quedado muda, y blanca como la cera. Vilma continuaba cantando a su lado y Ana le hacía palmas, pero a mí se me han disparado las alarmas:

–¡Beth! Beth, ¿estás bien?

Las otras dos se han callado y la han observado, con sorpresa. Beth ha pasado del blanco al colorado y ha puesto cara de angustia.

–¿Qué te pasa?

–Pues... ¿Puede ser que me acabe de mear de la risa? En el sentido literal de la expresión, quiero decir.

–Seguro... a mí me pasa siempre que me río tanto como hoy...

Yo alucinaba:

–¡Chicas! ¡Chicas! ¿Y no será que ha roto aguas?

Silencio. Beth corre hacia el baño. Las otras tres corremos detrás de ella y nos quedamos cerca de la puerta. Beth dice, con un hilo de voz:

–Niñas... vosotras que tenéis experiencia... ¿Cómo se distingue el pis del líquido amniótico?

Vilma tose, yo suspiro, Ana responde:

–¿Son sólo unas gotitas?

–No. La verdad es que estoy empapada.

Y a partir de aquí, todo son carreras y nervios. Recogemos las bolsas, ordenamos el apartamento, lo cerramos y dejamos las llaves a la portera, subimos al coche, Vilma lo pone en marcha y circulamos por la carretera en silencio.

–¿Adónde vamos? –pregunto.

–Se supone que a Barcelona... pero no creo que llegue. Me duele mucho...

–Vamos a Girona, al hospital –decide Ana.

Por el camino hablamos de todo, sin orden ni concierto y sin demasiada coherencia. Queremos distraer a Beth, que nos escucha en silencio, pálida y agitada, sujetándose la barriga con las dos manos.

En Girona, preguntamos cómo llegar al hospital y circulamos sacando el pañuelo por la ventanilla y haciendo sonar el claxon. Todo el mundo nos mira. No me extraña: no se trata de un pañuelo blanco, que sería lo apropiado en estos casos. Como no teníamos otro, Ana agita un fular de Hermès en tonos verdes y azulados.

En el hospital no nos dejan pronunciar palabra. Se llevan a Beth en una silla de ruedas y nos quedamos las tres en la puerta de urgencias, mudas, asustadas y, como diría Almodóvar, al borde de un ataque de nervios.

Un chico vestido de blanco nos pide que lo acompañemos a recepción para darle los datos de Beth. Lo seguimos como tres corderitos y, por el camino, Vilma me mira de reojo y dice sin voz, pero moviendo los labios con claridad:

–¿Has visto qué culito?

Nos llevan a una sala de espera donde hay un chico que se pasea arriba y abajo, como en las películas, y una señora mayor que se adormece en una silla de esas taaaan cóoomoooodaaas.

Llamamos a los padres de Beth y les aseguramos que no hace falta que viajen esta noche, que nosotras nos quedaremos al lado de la parturienta y que mañana por la mañana pueden coger el coche y venir. Su padre lo encuentra la mar de lógico, su madre, obviamente, no lo ve tan claro, pero finalmente acepta: son las once y media de la noche y quizá la criatura nazca de madrugada.

Cuando la señora que dormía se despierta, nos mira con curiosidad. Lo entiendo: debe de preguntarse qué nos toca el bebé que va a nacer. No tenemos ni edad ni pinta de abuelas, pero nos ve un poco creciditas para ser las amigas de una parturienta. ¿O somos las hermanas y, por tanto, las tías del bebé? No, no nos parecemos en absoluto.

El chico que camina frenéticamente de un lado al otro de la sala estoy segura de que ni siquiera nos ha visto. Es muy joven. Debe de tener veintipocos años. Calculo y descubro que podría ser perfectamente mi hijo y que, por tanto, realmente yo podría estar a punto de convertirme en abuela esta noche. Descubro, alucinada, que la idea no me provoca horror, sino una ternura desconocida.

—Me voy al bar, ¿alguien me acompaña? —digo.

—Sí, vamos a por un café...

—No, nada de café, yo quiero whisky.

No sé si lo quiero para frenar la conmoción que me ha provocado saber que no me importaría convertirme en abuela... o para celebrarlo.

Beth no ha querido saber si esta noche tendrá un hijo o una hija. Tampoco ha decidido qué nombre le pondrá (afortunadamente, ha olvidado la opción shakespeariana). ¡Tampoco sabe qué apellido llevará! Dios mío, pobre criatura, nacerá inmerso en la indecisión.

Volvemos a la sala y el chico ya no está. La señora nos informa: ya ha nacido su hija. Todo ha salido bien. La madre y la niña se encuentran perfectamente.

–¿Y él? –pregunto, suponiendo que ha salido corriendo para estar al lado de su mujer.

–Él se ha desmayado de la emoción y se lo han llevado en camilla...

Ana, Vilma y yo nos miramos y dibujamos una sonrisa. La señora capta nuestros pensamientos en seguida y murmura:

–Ay, si los hombres tuviesen que parir...

Vilma nos cuenta la fastuosa actuación de su marido en el nacimiento de sus hijos:

–En el primero, Claudio estaba en plena campaña electoral. Me puse de parto mientras él estaba participando en un mitin en la Seu d'Urgell. Lo llamé para decirle que me iba al hospital y que se viniese cuando pudiera. Casi no me oía, porque había un griterío fenomenal y el himno del partido, aquella composición patética que suena continuamente por las calles durante la campaña, sonaba a más decibelios de los que cualquier oído humano puede soportar.

»Acabó el mitin y llegó al hospital cuando la niña ya había nacido. Se emocionó mucho, se disculpó por no haber estado allí, y me dijo que se iba a casa a descansar porque al día siguiente el mitin era en Tortosa. «La campaña electoral no se puede parar. Lo entiendes, ¿verdad, cariño?» «Oh, sí, claro. Supongo que si la candidata fuese yo debería ir a Tortosa con los doce puntos y las compresas puestas...» Y añadí, de mala leche, lo reconozco: «¡Sobre todo no te olvides, durante el mitin, de hablar de la igualdad entre hombres y mujeres....!»

»En el segundo parto, Claudio estaba en un hotel de la ciudad, reunido con la dirección del partido durante todo el fin de semana, para decidir no sé qué de vital importancia. Lo llamé y me dijo que ya vendría, que se escaparía un momento, pero que no podía ausentarse de la votación porque la cosa estaba muy ajustada y por un voto podrían perder y el partido podría decidir no entrar en la internacional democratacristiana.

–¿Y qué le contestaste? –pregunta la señora, la mar de interesada.

–Que él ni era demócrata ni era cristiano. Y colgué.

Ana coge el relevo y recuerda el nacimiento de sus gemelos:

–Roque estaba tan emocionado... Lo tenía todo preparado, la cámara de vídeo, la de fotografía digital... en vez de alguien que va a un quirófano, parecía un turista japonés a punto de visitar la Sagrada Familia.

»El médico le advirtió que una cesárea no era nada agradable y que quizá no era una buena idea que entrara en el quirófano, y menos aún que filmase, pero él, tozudo como una mula.

»Mientras me ponían la epidural, me sentía como Isabel Preysler cuando llega a la fábrica de Porcelanosa, flashes y más flashes. Qué mareo. Al final le solté un grito y paró.

»En el momento en que me abrían la barriga, oí un golpe seco detrás de mí y una enfermera que suspiraba: «Es su marido, se ha desmayado.» Se lo llevaron y, afortunadamente, no pudo grabar nada.

–¿Y tú, Ilia?

–Yo... bueno, Isaías se portó muy bien, pobrecito. No me dejó sola ni un momento, siempre agarrándome la mano... mientras leía el *Tratado de filosofía aplicada a la economía del Tercer Mundo*. Parece ser que era superinteresante.

–¿Y Juan?

–Juan también estaba conmigo cuando fuimos al hospital. Llamó a todos los amigos, parientes y conocidos. El móvil no paró de sonar en todo el rato. Cuando la comadrona me dijo que la cosa iba para largo, que seguramente pasaría toda la noche intentando dilatar, a Juan le faltó tiempo para decirme que él se quedaba conmigo. Le prepararon una cama en la habitación. Me deseó buenas noches con un beso en la frente y dijo, sin inmutarse: voy a dormir algo, que mañana nos espera un día muy duro.

»Yo tuve moral para protestar: «Sí, pero esta noche también lo va a ser...» Y él: «Claro, pero mañana alguien tiene que estar despierto y descansado para recibir a la gente y todo eso.»

»«Ah, claro, claro.» Durmió hasta las siete de la mañana.

Y cuando iba a contar el parto de mi pequeña, Vilma suelta un grito que nos asusta a todas.

—¿Qué pasa?

—¡Que son las doce! ¡Es tu cumpleaños!

Se levanta y me abraza, detrás de ella Ana y luego la señora que no tiene nombre.

—Felicidades, niña. —Qué acierto, decirme niña el día que cumplo cuarenta y uno... Claro que ella debe de tener trescientos...

Vilma y Ana han ido a la cafetería a ver si tienen cava. Se les ha metido en la cabeza que tenemos que brindar por este cumpleaños que vivimos en circunstancias tan especiales.

La señora de edad indefinida, que se llama Beatriz, me cuenta que tiene seis hijos. En estos momentos, su hija menor está de parto, a punto de tener su primer hijo. ¡Será su nieto número quince!

Cuando sonríe —y lo hace continuamente—, la piel del rostro se arruga en miles de pequeños pliegues y los ojos quedan encogidos, casi como una línea. Tiene el pelo ondulado y grueso, de un blanco luminoso, y lo lleva muy corto, con un corte moderno que se arregla con un poco de gomina.

La ropa que lleva es muy actual, nada de traje chaqueta, nada de blusa camisera, nada de vestir como una señora mayor: unos pantalones claros de lino y una camiseta amplia y cómoda, escote en uve, de tonos oscuros, con una frase escrita. Sin cortarme, miro qué pone: «La juventud es una enfermedad que se cura con el tiempo.» George Bernard Shaw.

—Me la regalaron mis hijos cuando cumplí setenta y cinco.

—¿Tiene setenta y cinco años? —no lo digo por quedar bien, realmente estoy sorprendida.

–Sí, y te puedo asegurar que Bernard Shaw también tenía más razón que un santo cuando decía que envejecer tiene dos ventajas: dejan de dolerte las muelas y dejas de oír las tonterías que la gente dice a tu alrededor –me señala el aparato que lleva en el oído, con un guiño.

Al mismo tiempo que regresan Ana y Vilma con el cava, se abre la puerta del pasillo y aparece una enfermera. Todas nos acercamos en seguida:

–Su amiga ha tenido una niña. Todo ha salido muy bien. ¿Alguien quiere verla?

Vilma, Ana y yo, sorprendentemente mudas, asentimos con la cabeza con tanto entusiasmo que corremos el peligro de contracturarnos. Seguimos a la enfermera y, detrás de nosotras, oímos la voz temblorosa de Beatriz:

–¡Enhorabuena, niñas!

En la *nursery* hay una docena de cunitas, todas iguales. Nos acercamos al cristal como tres crías en un escaparate de una tienda de golosinas. La enfermera señala la tercera cuna por la derecha y dice: «Es ésa. Su amiga me ha pedido que les diga que se llama Telma.»

Telma tiene el pelo oscuro y rizado y un perfil de muñeca, con un hoyuelo en la barbilla.

–Es una belleza –dice Vilma, mientras las lágrimas le surcan las mejillas. Vilma la sarcástica, Vilma la cínica, Vilma la descreída... ¡está llorando!

Ana me coge por los hombros y me dice:

–¿Te das cuenta, Ilia? ¡Cumplís años el mismo día! ¡Telma y tú compartiréis cumpleaños!

–Sólo que ella tiene unos cuantos menos –dice Vilma, burlándose (ya me extrañaba que se hubiese vuelto angélica de repente).

–No te preocupes –le digo–: la juventud es un mal que se cura con el tiempo.

IMPRESO EN CAYFOSA - QUEBECOR, S.A.
CRTA. DE CALDES, KM. 3,7
08130 STA. PERPÈTUA DE MOGODA